Die Farben im Nichtschwimmer

Zum Buch

Für Dora und ihre Freund*innen ist das Abitur eine Stunde null; sie wollen aufbrechen und haben große Pläne. Ein Jahr Auszeit ist angesagt, um in ferne Länder zu reisen und zu arbeiten und dann gemeinsam einen Studienort zu suchen und zusammenzuziehen. Doch nicht nur die Zukunftsängste und der Abiturstress, sondern auch der Einzug des afghanischen Geflüchteten Jamal in Doras Familie sowie die Aufnahme des Syrers Halim in den Freundeskreis ändert viel. Während dieses letzten Schuljahres, als alles in Wanken gerät, finden die Protagonist*innen ihre eigenen Wege, die losgelöst von den Erwartungen der Eltern und des Umfeldes sind. Der Gegenwartsroman basiert auf Erfahrungen junger Erwachsener. Er bezieht aktuelle Themen wie Zukunftsangst, Climate Anxiety und Diversität ein und spiegelt die verunsichernden Veränderungen unserer Gesellschaft wider.

Zur Autorin

Jutta Krähling ist im Ruhrgebiet geboren. Sie arbeitete als Lehrerin und Diplom-Pädagogin in der Jugendarbeit; leitete zehn Jahre eine Jugendberatungsstelle, bevor sie sich 2017 als Autorin selbständig machte. Die Erfahrungen, die sie durch ihre Arbeit und den zahlreichen Lesungen und Workshops mit Jugendlichen gewinnt, fließen in ihre Projekte ein, sodass ihre Bücher stets einen aktuellen und authentischen Bezug haben.

Jutta Krähling

Die Farben im Nichtschwimmer

Roman

Originalausgabe

Printed in Europe
ISBN 978-3-96448-049-1
www.autumnus-verlag.de

Meine Eltern behaupteten, wir würden Marlena nicht so vermissen, wenn ihr Zimmer wieder bewohnt und wir zu dritt wären. Und Jamal, ein sechzehnjähriger Junge aus Afghanistan, wäre als männliche Verstärkung für meinen Bruder Tim doch ideal. Marlena, unsere Troublemakerin, war nach Leipzig gezogen, nachdem sie bei ihrer Abschlussfete eine Schuppenwand verkohlt und einen Riss im Waschbecken hinterlassen hatte. Niemals hätten wir gedacht, dass dies unser aller wildestes Jahr würde. Vielleicht bildeten wir ein Mobile, bei dem einer den anderen ins Schwanken brachte. Wenn auf der Nordhalbkugel die Blätter fallen, beschleunigt deren Gewicht die Erdumdrehung. Und der Tag wird 0,001 Sekunden kürzer. Für alle, auch für die Menschen auf der Südhalbkugel, auf der es kaum Laubfall gibt.

1

Jetzt warte, Dora!“

Kiki, meine beste Freundin, versuchte, mich in dem Gedränge auf der Treppe einzuholen.

„Wieso die Eile, die Werkstatt hat das Auto erst um vier fertig“, keuchte sie und verstaute das Mathebuch und ihren Block in dem Rucksack.

„Es ist so warm. Wir können vorher noch bei Giovanni einen Kaffee trinken.“

Die Werkstatt. Die hatte ich total vergessen.

„Kiki, sorry, aber ich habe meiner Mum versprochen, um halb vier zuhause zu sein.“

„Mist. Kannst du nicht Bescheid sagen, dass du später kommst? Ruf an oder lass mich anrufen. Ich überrede sie.“

Kiki war Einzelkind. Sie hieß Ricarda Konstanze Johanna Marie, das war eigentlich eher ein Programm als ein Name für die Leistungsträgerin und den Sonnenschein ihrer Eltern. Sie ging mir nur knapp bis zur Schulter, doch konnte sie sich mit Ellbogen und lauter Stimme extrem gut behaupten. Sie trug einen kinnlangen Bob, der bei ihr nicht süß, sondern richtig cool aussah.

Ich schüttelte den Kopf.

„Bitte!"

„Geht nicht. Ich muss da sein. Wir haben uns so aufgeteilt, dass in den ersten Wochen immer jemand nachmittags da ist, damit Jamal ein Familiengefühl kriegt. Musst du das Auto denn unbedingt heute abholen?" Ich lief Richtung Bushalte, und Kiki folgte mir.

„Ja, meine Eltern sind bis übermorgen auf der Möbelmesse und brauchen den Wagen am Wochenende."

Wir überholten eine Traube Fünftklässler, die ihre Rucksäcke hin- und herwarfen und rumschrien.

„Frag Slash", lachte ich, „er liebt Maschinen. Und dich auch."

„Ha ha."

„Ich muss los." Ich rannte die letzten Meter und konnte mich gerade noch in den Bus quetschen.

Zuhause watschelte mir Lotta entgegen, aber ansonsten war es ruhig. Ich hastete nach oben, doch Jamals Zimmer war leer. Er wohnte jetzt drei Wochen bei uns. Jamal war still, deshalb wusste ich nie, ob er da war. Keine Ahnung, ob das an der Sprache lag oder an ihm. Er lächelte und antwortete auf alle Fragen mit wenigen Worten, aber er sprach nicht von sich aus. Er verzog sich oft auf sein Zimmer, und ich konnte hören, dass jedes Mal der Schlüssel umgedreht wurde.

Puh – und dafür hatte ich mich so abgehetzt. Ich ließ Lotta in den Garten, holte mir Kekse und O-Saft aus der Küche und fiel auf mein Bett. Jamal kam kurz nach Tim, und zehn Minuten später, um sechs Uhr, fuhren meine Eltern vor.

Ich deckte gerade den Tisch.

„Das kann er nicht trinken." Schon seit Tagen war mein Bruder Tim Jamals Übersetzer. Er zeigte auf die Wasserflasche, die ich gerade auf den Abendbrottisch gestellt hatte.

„Wieso?"

„Es ist sauer."

Meine Mutter nahm einen Schluck. „Quatsch. Es ist normales Mineralwasser. Medium."

Tim seufzte. „Ja, eben, es ist sauer und kalt und kribbelig. Er mag es nicht. Zuhause trinkt er normales Wasser oder meistens Tee. Aber bestimmt mag er auch Saft. Rhabarber oder Traube."

„Dann setz Wasser auf und schieb Jamal nicht für deine Sachen vor. Rhabarbersaft ist sauer", fuhr ich meinen Bruder an, während ich weiterhin den Tisch deckte.

„Und die Betten. Jamal versteht das mit den Betten nicht", fing Tim wieder an.

Meine Mutter hielt inne, den Salat zu schneiden. „Wieso denn?"

„Jamal weiß nicht, wo er schlafen soll."

„Jamal hat ein eigenes Zimmer. Er schläft in seinem Zimmer in seinem Bett."

„Das musst du oder Papa ihm sagen. Er denkt, dass er immer woanders schlafen soll.“

„Wie kommt er nur auf diese Idee?“ Meine Mutter rührte die Salatsoße an und ich stellte den Käseteller auf den Tisch.

Jamal kam auf die Idee, weil bei uns die Betten sehr flexibel genutzt wurden. Mein Freund Simon schlief bei mir auf einer Matratze, weil mein Bett zu eng war. Lotta, unsere betagte Golden-Retriever-Dame, lag in ihrem Hundekorb oder sprang in unsere Betten. Meine Mutter schlief in ihrem Bett, aber wenn Papa schnarchte, zog sie um auf das Sofa. Wenn meine Oma bei uns übernachtete, logierte sie in meinem Zimmer, und ich schleppte meine Matratze zu Tim. Für andere Gäste klappten wir die Schlafcoach auf und ließen sie einfach zum Fernsehgucken länger so stehen. Manchmal nickte mein Vater vor dem Fernseher ein und wechselte erst mitten in der Nacht in sein Bett.

Mein Vater ging zur Treppe und rief Jamal zum Essen, der sofort herunterkam. Er wusch sich die Hände und setzte sich neben mich.

„Salat?“ Ich hielt ihm die Schüssel hin.

„Bitte, kleines Etwas.“

„Brot?“

„Bitte, kleines Etwas.“

Meine Mutter reichte ihm den Brotkorb. Sie lächelte ihn an. Dann lief sie in die Küche und erhitzte ihm Linsensuppe.

„Und, Jamal, wie war dein Tag? Wie war es in der Schule?“, fragte mein Vater und biss in sein Schinkenbrot.

„Gut“, sagte Jamal leise.

Gut war nur, dass Tim am Tisch saß, herumalberte und seinen Saft umstieß und deshalb alles irgendwie wie immer war.

In den drei Wochen hatten wir viel gelernt. Meine Mutter kochte jeden Morgen eine riesige Kanne Tee, meist Pfefferminz, die auf dem Tisch blieb. Daneben standen Zucker und Honig, was Jamal beides in großen Mengen hineinrührte. Kartoffeln waren Gemüse, also gab es jetzt oft Kartoffeln und Reis. Vermutlich lernte Jamal in diesen Wochen das Zehnfache.

Klar, dass Tim begeistert war. Jamal war zwar anderthalb Jahre älter, aber weil er kaum sprach, behandelte Tim ihn wie einen jüngeren Bruder. Vielleicht auch wegen der Größe, denn wenn ihre Sneaker nebeneinander auf dem Flur standen, sah man, dass die Stinkeschuhe von Tim drei Nummern größer waren. Jamal wirkte neben ihm noch kleiner und schmaler, als er ohnehin war. Nachdem er in der ersten Woche von jedem Essen nur drei Gabeln genommen hatte, gab es jetzt jeden zweiten Tag Nudeln mit Tomatensoße oder Linsensuppe. Statt Vollkornbrot und Salat stand abends auch Pizza auf dem Tisch. Und nicht die von Papa aus Dinkelmehl mit Lauch, Paprika und Pilzen, sondern die kreisrunden Dinger aus dem

Supermarkt. Und – das war die Krönung – meine Mutter kaufte süßes Müsli und Nutella. In unserem Haushalt hatte es nie Nutella gegeben. Selbst meine Freundin Kiki konnte den Spruch „Ihr könnt gerne Nutella haben. Am Nachmittag einen Löffel. Oder auch zwei. Statt Keksen oder Eis" auswendig.

Mama arbeitete in einem Dentallabor und war eine Gesundheitsfanatikerin. Aber die Angst vor Karies, Krankheiten und Konsumsucht wurde verdrängt von der Tatsache, dass Jamal gekräftigt und an die Familie gewöhnt werden sollte. Eigentlich fehlte nur noch, dass sie ihm eine Gummibärchenstraße von seiner Tür zum Esstisch legte. Ich fragte mich, was Mama im Ramadan machen würde. Ob wir dann auch jede Nacht ein Festessen hätten?

Nach dem Abendbrot schnappte ich mir mein Biobuch und nahm Lotta mit in den Park. Wir drehten eine Runde um den Teich. Obwohl es schon September war, wärmte die Sonne noch, und ich setzte mich auf eine Bank. Simon schickte mir ein Kurzvideo von einer Berliner Band und ein dickes Herz. Musik und witzige Filme waren sein Ding. Während ich ihm Kuss-Smileys zurücksendete, kam eine Sprachnachricht von Kiki. „Das Auto ist okay. Ich kann dich Donnerstag mit in die Stadt nehmen. Und ich hab einen süüüßen Typen getroffen. Ich hab ihn erst für den Monteur gehalten, aber er hat auf ein Motorrad gewartet. Dora, er war echt süß, aber ich hab vergessen, ihn nach seiner Nummer zu fragen. Kannst du mir morgen das blaue T-Shirt mitbringen?"

Ich schrieb zurück: „Supi, bringe T-Shirt. Vergiss meine Bionotizen nicht!!!"

Das T-Shirt hing fast so oft in Kikis Schrank wie in meinem, wobei es ihr eher ein Minikleid zu blauen Leggings lieferte. Es hatte verschiedene Blautöne, die ineinander liefen wie Meereswellen.

Als ich zurückkam, lagerte Tim vor meiner Tür.

„Hey."

„Jamal kriegt hundert Euro im Monat. Wusstest du das?"

„Lass mich mal durch. Wusste ich nicht. Aber das Jugendamt legt sein Taschengeld fest."

„Aber wir wollen das auch." Tim folgte mir ins Zimmer, dicht dahinter Lotta, die sich schwer atmend neben mein Bett fallen ließ.

„Tim, du bist jünger. Taschengeld gibt es nach Alter. Das weißt du doch."

Ich packte mein Buch auf den Schreibtisch.

„Aber nicht viel. Nur eineinhalb Jahre. Dann könnte ich doch achtzig Euro kriegen. Ist doch ungerecht, wenn Jamal mehr kriegt."

„Das klappt nicht, Tim."

„Wetten? Jetzt, wo Jamal hier wohnt, klappt alles. Fernsehen. Nutella. Wir kriegen das Geld", behauptete er und verzog sich grinsend in sein Zimmer.

Und er hatte Recht. Beim Frühstück rechnete er meinen Eltern vor, wieviel er bekommen müsste und wie sehr uns ihre Ungerechtigkeit belastete. Meine Mutter forderte zwar Bedenkzeit, aber ich wusste, wir würden das Geld bekommen. Für Tim lief alles super. Es störte ihn auch nicht, dass er morgens im Bad weniger Zeit hatte. Ich dagegen stellte meinen Wecker jetzt immer zwanzig Minuten früher, damit ich als Erste duschen konnte. Es machte mir nichts aus, dass Jamal das Bad in eine Tropfsteinhöhle verwandelte, die er mit seinem Föhn gründlich erwärmte. Aber ich hatte keine Lust, nach dem Duschen zum Bus zu hetzen.

Ich hatte nicht gewollt, dass Jamal einzog, während Tim kein Problem damit hatte. Aber unser neuer Mitbewohner war nur anderthalb Jahre jünger als ich, also würde ich wohl auserkoren, ihm zu helfen: Schule und Freunde und Freizeit. Obwohl meine Eltern mir versicherten, dass ich mich nicht mit ihm anfreunden müsste. „Du machst Abitur. Und du hast eigene Freunde. Du musst dich nicht um ihn kümmern", beschwor mich meine Mutter. Aber ich glaubte ihr nicht. Schon mit zehn blieb ich darauf sitzen, auf Tim aufzupassen, während meine große Schwester ihn einfach stehen ließ und mit ihrem Rad so schnell davonfuhr, dass er nicht hinterherkam. Er fiel zurück und begann zu heulen und ich schaffte es nicht, ihn dann alleine zurückzulassen.

Aber vielleicht musste ich mich auch nicht um Jamal kümmern, denn in den ersten Wochen stolperte man in unserer Küche dauernd über Erwachsene, die ihn betreuten. Er hatte einen gesetzlichen Vormund und eine rothaarige Betreuerin vom Jugendamt. Sie schien mir nur ein paar Jahre älter als Marlena zu sein, hatte überall Sommersprossen und lächelte viel. Jamal traf sie einmal pro Woche. Außerdem gab es eine ehrenamtliche Frau, die ihn besuchte und ihm bei den Hausaufgaben half. In der internationalen Klasse hatte er einen Klassenlehrer und eine Sozialarbeiterin. Ich glaubte, dass er genug von den Erwachsenen hatte. Er war oft nicht zuhause und kam erst abends, denn nach der Schule hing er meist mit seinen Kumpeln von der Clearingstelle ab.

Simon wartete morgens an der Bushalte auf mich. Ich liebte es, wenn er nach Kaffee und Zimtbrötchen schmeckte. Ich schob meine kalte Hand unter seinen Pullover, und er spannte die Rückenmuskeln an, aber protestierte nicht. Wir küssten uns, bis die Linie 22 Kiki ausspuckte und Slash von der anderen Seite kam.

Das Schuljahr nahm Fahrt auf. Das letzte Jahr und die ersten Klausuren standen an. Ohne Kiki, Simon und Slash war die Schule nicht auszuhalten. Aber wir waren schon seit Jahren eine feste Clique, und Slash hatte nur wegen uns Englisch-LK gewählt. Ich kannte ihn schon ewig von Familienbesuchen. Jetzt war aus dem kleinen, rothaarigen Jan-Malte ein Riese mit ausgeblichenen Haaren vom Farbton Erdbeershake geworden.

In der Pause standen wir vor der Tür zum Oberstufentrakt. „Das wollte ich euch vorhin schon erzählen. Der Typ aus der Autowerkstatt, der war im gleichen Bus. Und ist hier ausgestiegen. Habt ihr ihn nicht gesehen?“

„Welcher Typ? Ist er dir gefolgt?“ Simon sah Kiki skeptisch an.

Sie lachte. „Nein, er geht nebenan aufs Berufskolleg. Und er hat mich wiedererkannt.“

Kiki hatte so helle Kinderhaare, dass sie nicht zu übersehen war. „Ich kenne ihn aus der Autowerkstatt, und es ist nicht sein Roller, sondern er gehört einem Freund.“

„Was für eine Maschine? Eine Harley, Honda oder Kawasaki, neu oder 'ne alte Mühle?“ Slash, der sich gleichermaßen für Jungen und Motorräder begeisterte, fragte interessiert nach. Er hatte für seine Yamaha den ganzen Sommer gearbeitet.

„Weiß nicht. Er heißt Halim. Habt ihr ihn nicht bemerkt? Er sieht total super aus.“

Ich zuckte die Achseln und küsste Simon, bevor er mit Slash zu Mathe ging, während ich mich beeilte, nach oben in den Geschichtskurs zu kommen.

Kiki war schon seit der Acht meine beste Freundin, und Simon und ich waren seit zwei Jahren zusammen.

Als wir in der achten Klasse auf Norderney waren, zogen die Jungen Kiki auf, dass sie so winzig wäre, so ein Däumling, dass sie bestimmt die Klettertour am nächsten Tag nicht mitmachen könnte. „Du fällst durch die Seile. Es gibt eine Mindestgröße. Verstehst du: Grööße.“

Kiki wurde so sauer, aber da sich in unserer Schule niemand prügelte, behauptete sie, dass sie genauso viel essen könnte wie jeder Junge. Irgendwie landeten wir alle in der Eisdiele und bestellten zwei Super-Deluxe-Familienbecher. Es gab ein Jungenteam, und Kiki durfte sich ein Mädchen aussuchen. Sie wählte mich, vielleicht, weil ich das größte Mädchen mit dem vielleicht größten Magen war. Oder weil wir uns vom Reiten kannten. Ich traute ihr den Eisbecher zu, denn bei den Reiterferien hatte sie jeden Abend als Erste am Tisch gesessen und verkündet, dass sie absolut am Verhungern wäre, und sich dann drei Brote reingestopft. Der Riesenbecher bestand aus zwölf Eiskugeln mit verschiedenen Toppings und oben drauf ein steiler Sahneberg. Wir löffelten und löffelten. Ich liebte Eis, aber die Toppings schmeckten mit jedem Löffel widerlicher. Irgendwann gab das Jungenteam auf. Sie hatten viel schneller gegessen, und Luca schaffte es gerade noch zum Klo. Wir aßen weiter. Kiki guckte mich zwischendurch an. Ich wusste, dass sie nicht aufgeben würde. Sie aß auch mehr als ich. Slash setzte sich neben mich und ermunterte mich. Und wir schafften den Becher. Wir brauchten fast fünfzig Minuten, aber wir schafften es. Als wir zurückgingen, übergab ich mich in den Büschen, und Slash hielt meine Haare. Und in der Jugendherberge fragte uns der Lehrer, wo wir gewesen seien. Und Simon, der mit Slash befreundet war, hatte uns herausgelogen und unsere Wettgelder kassiert. Denn Essenswettkämpfe waren verboten, nachdem einmal ein Junge nach einer Schokokussorgie mit Darmverschluss im Krankenhaus gelandet war.

Seitdem waren wir ein festes Team. Wir bildeten am nächsten Tag die erste Gruppe im Klettergarten und verbrachten jeden Abend zusammen. Simon brachte uns Poker und Doppelkopf bei, und wir überlegten, was wir mit den achtzehn Euro machen sollten.

Alle waren wir gute Kinder aus guten Familien. Wie Kiki immer behauptete, gab es drei ganz klare Anzeichen dafür: Die Martinssüßigkeiten, egal wie viele man gesammelt hatte, ob es regnete oder schneite, wurden inspiziert, und im Tausch wurde Obst oder später ein Kinogutschein angeboten. Tausch klang so freiwillig, aber unsere Mütter nahmen die Tüten in Empfang, sobald wir ins Haus kamen. Zweitens: Weihnachten – nach der Kirche wurde auf jeden Fall noch kurz musiziert oder ein Gedicht aufgesagt, bevor die Geschenke aufgemacht werden durften. Drittens: Die Familie aß mindestens einmal am Tag gemeinsam; dabei wurde weder ferngesehen noch abfällig über andere Gruppen, insbesondere Minderheiten, gesprochen. Deshalb merkte ich auch erst in der Zehn, dass die Integration in der Schule entgegen den Behauptungen der Schulleitung und der Lehrer überhaupt nicht lief. Wenn man von einem anderen

Stern in die Oberstufencafete käme, sähe man sofort, dass die Gruppen genauso säuberlich nach Türken und Deutschdeutschen getrennt waren wie vor hundert Jahren die Evangelen und Katholen. Natürlich arbeiteten wir zusammen, schrieben auch mal Referate gemeinsam, aber wir trafen uns privat kaum. Also keine gemeinsamen Geburtstagsfeiern oder Übernachtungen, geschweige denn Einladungen für einen Familienurlaub. Das habe ich erst sehr spät gecheckt, weil, wie Marlena immer meint, die Erwachsenen uns überhaupt nichts sagen und uns nur ihren Pestizid- und Sozialmüll hinterlassen.

Nur Simon lebte nicht in einem Haus mit Vorgarten und Hund, sondern teilte sich mit seinem Vater eine Wohnung im zweiten Stock. Früher pendelte er immer zwischen den geschiedenen Elternteilen, und ich erkannte an seinen Klamotten, bei wem er gerade wohnte.

Nach der Schule wollten Kiki und ich auf eine vierwöchige Interrailtour gehen, und die Jungen sollten uns in Athen zum Inselhopping treffen. Und im Herbst würden wir zusammenziehen und eine Küche mit einer Eckbank und einem riesigen Tisch teilen.

Wir hatten nicht alle Kurse gemeinsam, aber wir trafen uns jeden Morgen an der Bushalte. Mittags aßen wir in der Cafete, außer wenn einer von uns zum Sportkurs musste und deshalb keine Pausenzeiten hatte. Sowohl die Schwimmhalle als auch die Sportplätze teilten wir uns mit dem Berufskolleg, und man musste immer zehn Minuten hinlatschen. Wir brachten unser eigenes Essen mit und kauften nur Schokoriegel und Saft. Kiki schleppte immer mehrere Tomaten und Paprika an, und meine Mum packte mir gestapelte Pizzastücke ein, wenn mein Vater ein Blech gebacken hatte. Alleine war ich nur im Erdkunde-GK; in allen anderen Kursen waren wir mindestens zu zweit.

Tim rüttelte an meiner Schulter. „Jamal ist nicht da."

„Was ist los?" Ich guckte auf mein Handy. „Es ist doch noch nicht mal Mitternacht."

„Ja, aber er sollte um zehn da sein. Mama ist sauer, weil er jeden Abend in der Wohngruppe rumhängt."

„Aber das ist doch seine Sache."

„Ist es auch, aber Papa meint, dass er mehr hier sein sollte. Sonst lernt er nie Deutsch."

Lotta kam ins Zimmer getrottet und wollte auf mein Bett springen.

„Jetzt geh schlafen, Tim, und nimm Lotta mit!" Ich drehte mich um und schlief sofort wieder ein.

Ich wachte auf, weil Lotta, die immer noch bei mir im Zimmer lag, bellte. Unten knallten Autotüren. Dann die Haustür. Ich hörte die Stimme meines Vaters, der sehr langsam und deutlich sprach. „Du kommst zehn Uhr nach Hause. Hast du das verstanden? Zehn Uhr. Hier. Zuhause. Zehn Uhr."

Meine Mutter mischte sich ein. „Jamal, du musst doch nach Hause kommen. Dora und Tim müssen auch nach Hause kommen."

„Hause. Nein. Ist nicht mein Hause. Ist Hause von euch. Und Hund. Hund im Bett. Hund hat Extraessen. Hund kriegt Fleisch! Hund! Hund!" Dann knallte die Haustür, und hastige Schritte entfernten sich.

Meine Eltern tigerten im Wohnzimmer herum. „Wir müssen hinterher", hörte ich meine Mutter sagen.

„Nein, das nutzt doch jetzt nichts."

„Willst du ihn alleine in der Nacht herumlaufen lassen?"

„Er ist nicht alleine. Er geht doch sofort zur Schillerstraße."

„Der Bus fährt nicht."

„Himmel, dann läuft er eben. In einer Stunde ist er wieder bei seinen Kumpeln in der Wohngruppe."

„Was machen wir denn jetzt?", fragte meine Mutter aufgeregt.

„Nichts. Wir gehen ins Bett. Wir haben ihn einmal abgeholt, und es hat nichts genutzt. Wir reden morgen mit ihm und rufen die Betreuerin an, wenn es nötig ist."

Ich hörte die schweren Schritte meines Vaters auf der Treppe.

Zehn Minuten später stand Mama an meinem Bett. „Dora, steh auf. Wir müssen Jamal suchen."

„Er ist in der Clearingstelle und schläft bei Amir", gähnte ich.

„Jetzt komm, ich will nicht alleine fahren."

„Nimm doch Lotta mit, die findet ihn."

„Nein, bloß nicht den Hund, jetzt komm!" Sie nestelte an ihren Ringen herum, wie sie es immer tat, wenn sie nervös war. Früher steckte sie sich dann eine Zigarette an, aber Rauchen war schon lange passé.

Wir fuhren durch die Stadt, das heißt, ich fuhr, während Mama aus dem heruntergekurbelten Fenster in die Nacht spähte.

Dann sah ich ihn und hielt quietschend am Bordstein.

Mama sprang aus dem Auto und stürzte auf ihn zu. Er wich zurück, aber sie warf sich so nach vorn, dass er sie auffangen musste. Sie standen lange da. Mir wurde eiskalt. Ich kurbelte die Scheiben wieder hoch.

Dann fuhren wir schweigend zurück. Mama saß mit Jamal hinten. Ich glaubte, sie hielt seine Hand und beide weinten. Ich war die Taxifahrerin eines tropfenden Kühlschranks.

Zuhause ging ich sofort ins Bett, während Mama Jamal in die Küche zog.

Am nächsten Morgen war es wie früher, wenn es Stress mit Marlena gegeben hatte, weil sie nicht pünktlich nach Hause gekommen war. Alle knirschten schweigend ihr Müsli.

Ich war froh, dass ich lange Schule hatte. Kein Bock auf die Betreuerin und die Erziehungsversammlung im Wohnzimmer. Wir bekamen die Englischklausur zurück. Ich hatte nur eine Zwei plus und versuchte, im Vergleich mit Slashs Arbeit herauszukriegen, warum. Er schob mir die Zettel rüber und ging zum Fenster, wo Burak stand, mit dem er seit neuestem abends in der „Oase" abhing, und auf den er einen crush hatte. Burak, der Schönling der Stufe, hatte kinnlanges glänzendes Haar, um das ihn alle Mädchen beneideten.

In Sozialwissenschaft hielt ich mit Kiki und Paul ein Zusatzreferat, und das wurde immerhin mit zwölf Punkten bewertet. Wir hätten vierzehn Punkte bekommen können, wenn Paul nicht vergessen hätte, die Literaturangaben auf das Handout zu schreiben, weil er erst in der Nacht damit fertig geworden war. Paul, der beliebteste Referatpartner in der Oberstufe, zog immer die Arbeit an sich, da er die Beiträge der anderen nie gut genug fand. Er war ehrgeizig und nervig, und im Unterricht spielte er sich manchmal als Lehrer auf und verbesserte die Mitschüler. Aber er war ganz okay, verlieh seine Unterlagen und half anderen bei den Hausaufgaben, wenn sie ihn fragten. Blöd, dieser Fehler, aber weil er sich mehr ärgerte als wir und vor sich hin schimpfte, verkniff ich mir den Kommentar. Simon interessierte sich nicht für SoWi, las keine Zeitung, saß hinten im Unterricht und spielte an seinem Handy. Das nervte mich, als ich vorne stand und den Begriff „Marginalität" erklären musste. Aber ich wusste auch, dass er, falls ich steckenbliebe, einen Herzanfall simulieren würde, um mich rauszuhauen.

Nach der Stunde kam er nach vorne und schenkte mir eine Tüte mit salzigem Lakritz. „Hier, für dich. Hat mein Alter gestern aus Holland mitgebracht. Deine Lieblingssorte." Er küsste mich, bevor er von Slash die Matheaufgabe abschrieb.

Mit salzigem Lakritz hatte es vor zweieinhalb Jahre auch angefangen. Wir lutschten es und taten so, als ob wir die Sorte des anderen probieren wollten und küssten uns. Er hatte braune, unheimlich weiche Haare für einen Jungen, die ihm immer ins Gesicht fielen und die ich immer zurückstreichen wollte. Und meistens roch er nach Apfel. Damals waren wir gleichgroß, und seine Brille beschlug beim Küssen. Trotzdem küssten wir uns jeden Tag vor der Schule und nachher an der Bushalte, und einmal die Woche kam er zu mir nach Hause und wir küssten uns im Treppenhaus. Da ich gerade erst meine Spange los war, wollte ich den ganzen Tag küssen. Vorher hatte ich immer Angst, dass Essensreste drinhingen oder sich die Spange verhedderte. Jetzt trug Simon meist Kontaktlinsen, war einen Kopf größer als ich, ein Sportfreak, konnte vier Biere trinken und danach immer noch Rad fahren.

Zum Glück hatte ich in den letzten beiden Stunden Erdkunde. Kiki wartete schon auf dem Flur auf mich. „Lass uns was essen gehen. Ich habe Hunger."

Draußen war es kühl, und es nieselte etwas.

„Wohin gehen wir?"

„Zu Lavos", schlug Kiki vor.

„Da stehen wir Schlange“, sagte ich, aber sie zog mich energisch in die Richtung. Natürlich war es voll. Wir stellten uns an die Tür, und Kiki schwärmte gerade von Halims Augen, die so toll und dunkel waren wie Sterne aus Schokolade. Das machte mich noch hungriger. Bisher hatten sie sich immer nur angelächelt und zugenickt, und ich wusste, dass sie enttäuscht war, wenn Halim nicht den 7.20er-Bus nahm. Und gerade, als ich mich damit abgefunden hatte, dass wir unsere Falafel auf der Straße essen würden, sprang ein Zopfmädchen auf, und die Mutter stürzte hinterher. Der Vater bezahlte, und voilà – der beste Platz, ein kleiner runder Tisch in einer Nische, wurde frei. Wir stürzten hin, und kaum saßen wir, kam die Kellnerin, was an einem Mittwochmittag ein echtes Wunder war.

Wir bestellten Falafelteller mit Pommes, und Kiki redete weiter von Halim. „Wir treffen uns morgen“, beendete sie ihre Ausführungen über seine Haare, seinen Körper und seine Stimme, die alle einfach nur mega toll waren.

„Morgen?“

„Ja, er wartet nach der Schule. Also, was rede ich mit ihm? Vielleicht kann er kaum Deutsch. Und dann? Und was ziehe ich an?“

„Alles paletti. Du hast doch schon mit ihm geredet. Und er hat dich doch verstanden.“

„Ja, aber das war nur ganz kurz. Über was sollen wir denn reden?“

Unser Essen kam.

„Alle meine Lieblingssachen an einem Tisch!" Simon griff über meine Schulter, nahm sich drei Pommes und schob sie sich in den Mund.

„He, was soll das?", protestierte ich.

„Ich kann nicht anders. Du und das leckere Essen – unwiderstehlich." Er beugte sich herunter und küsste mich.

„Ketchupküsse – es gibt nichts Besseres", sagte er mit Comicstimme.

„Kommt Slash auch? Sollen wir rutschen?", fragte Kiki.

„Nee, zu eng, außerdem müssen wir los. In fünfzehn Minuten fängt Handball an."

Wir boten ihm noch je zwei Pommes an und er verschwand.

„Also, Dora, über was reden wir? Und was ziehe ich an?"

„Das mit dem Reden ist kein Problem. Anziehen – ich leihe dir mein blaues T-Shirt. Die Farbe steht dir super. Zeig nicht so viel Haut. Weißt schon, erstes Date, andere Kultur."

„Ich weiß nicht mal, aus welchem Land er kommt."

„Morgen weißt du das alles."

„Irgendwie bin ich nervös."

„Ja, aber es wird bestimmt toll. Er wirkt doch echt nett. Und wenn nicht – geht in ein Café, dann kannst du jederzeit abhauen. Am besten eines, wo viel los ist oder Fahrstuhlmusik läuft."

Als ich um sechs Uhr nach Hause kam, traf ich statt der Betreuerin unseren Nachbarn, der Mama half, ein Kindergitter an die Treppe zu schrauben.

Jamal fand ich in der Küche, wo er ratlos einen Schnellkochtopf anstarrte. „Alles klar?" Ich sah, dass seine Augen noch rot waren.

„Weißt du, wie das geht?", fragte ich.

„Ja, das ist Kochtopf."

„Ja, aber es gibt eine Anleitung. Warte ..."

Die Anleitung war auch auf Arabisch, und sein Gesicht leuchtete auf, als er sie studierte.

Mama hatte Reis mit Rosinen und Gewürzen gekocht. Am Tisch funkelte sie uns so an, dass wir alle brav drei Bissen aßen. Echte Überwindung, denn ich hasste Rosinen, und selbst Apfelkuchen war mir verleidet, wenn welche darin steckten. Jamal hatte dazu Hühnerschlegel gekocht, von denen er am Tisch die Haut abzog und das Fleisch vom Knochen abschälte. Tim probierte es mutig, obwohl er Fleisch nur gebraten mochte. Einzig Papa füllte sich einen zweiten Teller auf.

Nach dem Abendessen erklärten uns meine Eltern die neuen Regeln. Lotta schlief ab jetzt unten und durfte nur noch in Begleitung nach oben. Sie musste dann bei uns bleiben, damit sie nicht noch einmal in Jamals Zimmer laufen konnte. Arme Lotta. Erst zog ihre geliebte Marlena weg, und nun durfte sie nicht mal mehr in ihr Zimmer. Jamal würde einmal in der

Woche mit Mama einkaufen gehen. Mit dem neuen Topf würde er arabisch kochen lernen.

Um die Situation etwas aufzulockern, wollte ich am nächsten Tag meine Freunde zum Essen einladen, aber Kiki traf ja ihr Date, und Slash hatte keine Zeit. Doch Simon kam, und er aß einfach alles. Zum Glück. Seine Haare waren noch feucht vom Duschen nach dem Training, denn er hatte sich beeilt. Und es gab diesmal keinen Rosinenreis, sondern Mama hatte mit Jamal Lasagne vorbereitet.

Nachdem wir uns alle mit Lasagne vollgestopft hatten, gingen Simon und ich in den Garten, dicht gefolgt von Lotta und Tim. Jamal blieb an der Terrassentür stehen. Tim überredete uns, in die von Papa zusammengeharkten Laubhaufen zu springen. Wir hüpften, bewarfen uns mit Blättern und lachten die ganze Zeit. „Komm, Jamal!", rief ich ihm zu. Als ich ein paar Schritte auf ihn zuging, nutzte Simon die Gelegenheit, mir eine Handvoll Blätter von hinten in den Pulli zu stecken. Tim lachte wie eine Hyäne, und ich rächte mich, indem ich ihm ein Bein stellte und ihn in den Laubhaufen warf. Jamal nahm erst zögernd ein paar Blätter, aber dann begann er mitzumachen, und wir tobten durch die Blätter, dass sie nur so segelten und Papas Laubkunstwerke vernichtet wurden.

Abends rief mich Kiki an und war total aufgedreht, weil ihr Date mit Halim sooo toll gelaufen war. Und er hatte ihr schon wieder eine WhatsApp geschickt.

Die nächsten Tage trafen sie sich andauernd. Sie nahmen den gleichen Bus, und Halim kam in den Pausen zu uns rüber. Er ging nebenan auf das Berufskolleg für Gesundheit. Er sah gut aus. Im Gegensatz zu Simon, der ein strahlendes Grinsegesicht bekam, wenn er sich freute, hing bei Halim das Lächeln nur um die Mundwinkel, was ihn irgendwie erwachsener aussehen ließ. Vielleicht lag es auch an seinen Klamotten. Er trug fast immer Hemden und darüber einen Blazer. Halim war neugierig und interessierte sich für uns. Er guckte sich die Schule an, fand den Stundenplan spannend und wollte den Physikraum und das Chemielabor sehen. Schnell gehörte er zu unserem Pausen- und Haltestellentreff, denn das Kolleg fing nur fünf Minuten später an. Am meisten fragte er Slash aus, weil der auch Informatik belegt hatte und ein Motorrad fuhr. Er ging sogar zweimal mit den Jungs zum Handballtraining, und er und Kiki guckten sich ein Spiel an. Er war das Gegenteil von Jamal. Er redete viel, lachte laut und fuchtelte mit den Armen. Obwohl sie beide geflüchtete Muslime waren, hatten sie außer der Vorliebe für Manakish, die arabische Pizza, und dass beide nie Schwimmen gelernt hatten, nichts gemeinsam. Halim kam aus Syrien und war schon zweiundzwanzig.

Jamal kam mir dagegen sehr jung vor. Er wollte keine Fehler machen. Außer von Papa ließ er sich von uns auf nichts hinweisen. Wenn ich ihn fragte, ob er im Bad die Heizung ausgemacht habe oder ob die

Terrassentür abgeschlossen sei, antwortete er immer mit ja, auch wenn es nicht stimmte. Ich kritisierte ihn nicht, weil er so wahnsinnig leicht gekränkt war. Als Mama ihm gesagt hatte, dass er nachmittags nicht vor dem Fernseher essen sollte, weil es in einer Stunde Abendbrot gäbe, verzog er sich sofort in sein Zimmer. Und danach stellte er weder den Fernseher an, noch aß er auf dem Sofa, sondern nahm seinen Teller mit nach oben. Er machte mehr Hausarbeit als wir, und wenn meine Mutter mit Einkäufen zurückkam, half er immer, sie hereinzutragen. Er putzte oft sein Zimmer, das total sauber und aufgeräumt war. Manchmal vergaß ich, dass er da war, denn er war ein leiser Mitbewohner. Nur an dem Geruch von Rasierwasser und Fleisch bemerkte man, dass er eingezogen war.

Am Nikolaustag trug Kiki wie immer ein rotes T-Shirt und einen weißen Schal. Dazu ein rotes Unterhemd und rotgepunktete Socken, auch wenn das niemand sah. Simon hatte auf dem Weg beim Bäcker zwei Stutenkerle gekauft. Eigentlich sollte es verboten sein, am Nikolaus einen Test zu schreiben. Vielleicht war das auch so in den unteren Klassen. Ich schrieb zum Glück nur Erdkunde, während Slash und Simon einen Chemietest absolvieren mussten. In der Pause rissen wir dem armen Stutenkerl Arme und Beine ab.

„Ich arbeite die nächsten beiden Wochenenden als Weihnachtsmann", verkündetet Slash und steckte sich die weiße Tonpfeife des Stutenkerls in den Mund.

„Und wo?“, fragte Kiki.

„In dem neuen Möbelcenter. Ich soll einfach durch die Hallen gehen und mit den Kindern spielen. Und nachher im Restaurant Süßigkeiten verteilen.“

Ich steckte meine Hände in Simons Pulloverärmel. Eine seiner besten Eigenschaften war, dass er immer warme Hände und Füße hatte. Er legte seinen Arm um mich und zog mich an sich.

„Super, vielleicht kommen wir vorbei.“ Kiki stieß mich an.

„Ich weiß nicht. Ich soll eigentlich Tims Party beaufsichtigen.“

„Mach ein paar Fotos, Alter, damit wir dich bewundern können“, sagte Simon. Es war genau der richtige Job für Slash. Er blieb geduldig und konnte super mit Kindern. Früher hatte er Puzzles und Comics gesammelt, und wir lagen oft auf seinem Teppich und legten ein 500er-Puzzle. Seine Mutter brachte uns Essen auf einem Tablett, und wir aßen, ohne zu unterbrechen. Wir redeten nicht viel, aber Slash hatte einen super Blick und fand oft die Randstücke, während ich mehr auf die Farben achtete. Slash überredete mich weiterzulegen, wenn ich schon längst die Geduld verloren hatte. Als wir in der neunten Klasse Paten für die neuen Fünftklässler wurden, umringten ihn immer ganze Trauben. Sein Patenkind, ein runder dunkelhaariger Junge, sprach jetzt noch mit ihm. Slash hatte ihn einmal eine Runde um die Schule auf seinem Motorrad mitgenommen.

Noch zwei Wochen bis zu den Ferien. Noch drei Klausuren und ein Referat. Ich rechnete mir aus, dass ich zumindest zwei Klausuren mit dreizehn Punkten schreiben müsste.

Tim hatte seine Geburtstagsfeier verschoben, damit ich in Ruhe lernen konnte. Im Gegenzug half ich ihm, das Wohnzimmer für die Party auszuräumen, und vertrat unsere Eltern, die er nicht im Haus haben wollte. Da sie darauf bestanden, dass ein Erwachsener aufpassen müsste – yippie, das war ich seit einigen Monaten –, hatte ich angeboten, mit Simon bei uns zu übernachten.

Wir chillten, eingedeckt mit Chips und Marshmallows, die ich unten abgezweigt hatte, im Bett und spielten „Lara Croft". Zwischendurch knutschten wir ein bisschen, aber ließen die Klamotten an, falls wir unten gebraucht würden. Lotta lag am Fußende und leckte ab und zu meine Füße. Aus dem Wohnzimmer dröhnte die typische Lärmkulisse. Laute Jungenstimmen, zwischendurch Mädchengekicher, Gläserklirren und endloses Gerenne, weil die Musik lief, aber sich niemand traute zu tanzen. Gegen Mitternacht wurden die meisten abgeholt, und ich ging kurz nach unten, um den Raum zu checken. Alles okay. Oben schlief Simon schon, seine Haare waren ganz verstrubbelt, und er sah süß aus. Ich legte mich dazu. Ich war gerade eingeschlafen, als mein Bruder uns aufschreckte.

„Dora, komm runter!"

„Was ist denn?“, gähnte Simon. Ich gab ihm einen Schubs, und er stand auf.

Wir liefen die Treppe herunter in der Erwartung eines kaputten Fernsehers oder einer umgestürzten Yuccapalme. Die Musik lief leise. Alle waren gegangen, nur Jamal saß auf dem Sofa und wiegte sich vor und zurück.

„Er hat was getrunken, ich habe ihm was von dem Punsch gegeben“, stammelte Tim.

„Wieso, war da etwa Alkohol drin?“, fragte ich scharf.

„Ja, wir haben was reingekippt. Später, von Papas Flaschen. Nur so aus Spaß.“

Jetzt sah ich, dass auch Tim schwankte.

„Setz dich auf das Sofa, du Idiot. Du darfst nicht trinken und Jamal auch nicht. Er ist Muslim und trinkt keinen Alkohol. Das ist so idiotisch!“

Statt zu antworten, fing Tim an zu würgen. Simon zog ihn geistesgegenwärtig hoch und schob ihn ins Bad. „Ich mach gleich Kaffee“, rief er mir zu und bugsierte meinen kotzenden Bruder zum Waschbecken. Ich kniete mich vor Jamal, der vor sich hin summte und sich immer noch vor- und zurückwiegte. Als ich die Musik ausdrehte, fing er plötzlich an zu weinen.

„Jamal, was ist denn?“

Aber er schluchzte nur, wie früher Tim, wenn er sich veratmet hatte. Zum Glück kam Simon mit dem Kaffee und brachte Jamal dazu, zwei kleine Schlucke zu trinken.

Ich lief in die Küche, um Zitronenwasser zu machen. Lotta hatte das offene Gitter bemerkt und lief aufgeregt zwischen uns hin und her.

Ich war erleichtert, als ich meine Eltern hörte, denn wir schafften es nicht, dass Jamal aufhörte zu weinen und Tim aufhörte zu kotzen. Meine Mutter inspizierte beide Jungen und nahm dann Jamal mit in sein Zimmer, und ich wusste, wir würden später reden. Zum Glück war ich zu alt für Hausarrest. Simon sagte leise tschüß, aber keiner antwortete ihm, weil mein Vater gerade Tim in die Küche schleppte.

Nebenan hörte ich noch Mama reden, und als ich am nächsten Morgen aufstand, um als Wiedergutmachung das Frühstück vorzubereiten, kam sie aus Jamals Zimmer. Sie sah total fertig aus.

„Es tut mir leid, Mama."

„Sei leise, er schläft endlich. Wir reden später."

Ich war froh, mit Lotta nach draußen zu können. Wir liefen durch den Park, wo sie die Enten aufscheuchte und wir zwei Runden drehten. Als wir beiden jünger waren, spielten wir jeden Nachmittag dort. Es gab hier zwei Superkletterbäume für mich und ein Versteck in einem riesigen Haselstrauch für Lotta. Auf dem Rückweg holte ich noch Brötchen.

Später erfuhren wir die Nachtgeschichte schließlich. Mama erzählte uns, dass Jamals Flucht fast ein Jahr gedauert hatte. Über fünf Wochen wurde er in einem Keller versteckt, wo die Schleuser alle zwei Tage Essen hinunterwarfen. Meine Eltern sprachen mit der

Betreuerin über psychische Unterstützung, und Jamal würde ab Weihnachten einmal wöchentlich eine Einzelsitzung bekommen.

Tim erhielt wegen der Sache mit dem Alkohol Hausarrest. Ich musste Jamal zweimal bei den Hausaufgaben helfen. Das war glimpflich, aber mein Vater wollte, dass ich genug Zeit zum Lernen hatte, und deshalb sollte ich auch nur noch wenig im Haushalt helfen. Tim musste zwei Wochen lang vor dem Frühstück mit Lotta rausgehen und mit Jamal einkaufen und kochen. In den nächsten Wochen aßen wir uns durch einen Berg von Nudeln. Jamal war der Einzige, der diese Adventsmastkur vertragen konnte, und ich fing schon an, von Salaten und Gemüsesuppen zu träumen. Manchmal ging ich mit zu Kiki. Da ihre Eltern oft weg waren, hatte sie sich selber das Kochen beigebracht und es gab Gemüse aus dem Wok und asiatische Reispfannen. Manchmal kam auch Halim. Morgens steckte ich mir Möhren und Paprika in den Rucksack, was mir anerkennende Blicke von Kims Barbie-Clique einbrachte. Lilly und Kim, die im Geschichtskurs vor mir saßen, berichteten sich jeden Montag, was genau sie am Wochenende gegessen hatten. Sie hatten mit anderen gewettet, dass sie es schaffen würden, trotz der Adventszeit zwei Kilo abzunehmen. Wenn jemand Kuchen mitbrachte, kreischten sie, als ob es eine Bombe wäre, und Kim warf einmal eine Tüte Gummibärchen aus dem Fenster. Wir waren alle etwas gestresst.

Am letzten Schultag trafen wir uns wie immer in Slashs riesigem Keller. Früher hatten wir uns ausgemalt, welche Geschenke wir bekämen und wer in den Winterurlaub führe, meist Slash und manchmal auch Kiki zum Skifahren. Dann stopften wir uns mit Schokolade voll und tranken billigen Glühwein, den wir auf dem Campingkocher erhitzten. Kiki hatte uns allen einen riesigen Keks mitgebracht, der in einer Zellophanhülle glänzte.

„Ich weiß, es ist in Plastik, aber sie sehen so viel besser aus. Ausnahmsweise wegen Weihnachten, okay? Ich habe zuerst bemaltes Butterbrotpapier genommen. Und sie sind einfach super geworden, probiert mal. Wartet mal, ich habe noch zerbrochene mit." Die Kekse waren total lecker, weil Kiki weiße Schokolade und Mandelstücke in den Schokoteig gebacken hatte.

Halim stand unschlüssig im Raum und wollte erst Dart spielen und dann kickern. Er war immer in Bewegung. Wenn es keine Sportgeräte gab, spielte er mit Küchenbrettchen Pingpong auf dem Tisch. Wir ließen uns auf der Sofalandschaft nieder, und Kiki schmiegte sich an ihn.

Simon ließ sich neben den beiden ins Sofa fallen. „Blöd für dich, Alter, so zwei Heteropärchen auf deinem Sofa", sagte er zu Slash und zog mich zu sich herunter. Sie ärgerten mich damit, dass Slash nur deshalb schwul sei, weil ich nicht küssen könnte und ihm damals mit meiner Zahnspange die Zunge filetiert hätte.

„Verstehe ich nicht, was ihr redet." Halim richtete sich auf. Er beobachtete Slash oft. Vielleicht weil der sportlich war und ein Motorrad fuhr und Halim in Syrien eine Maschine gehabt hatte. „Wieso redet ihr so mit Freunden? Das ist gegen die Ehre." Wir lachten und Slash schüttete uns Fassbrause ein und stellte Whisky und Gin auf den Tisch.

„Habt ihr keine Ehre? Nur Schweine und Verbrecher haben keine Ehre."

„Haben wir nicht, jetzt chill mal", entgegnete Simon.

„Nicht?"

„Doch. Du darfst nie einem Mädchen sagen, sie sei dick. Egal, wieviel sie wiegt, sie wird nie wieder mit dir reden", sagte Kiki.

„Manchen kannst du auch nicht sagen, dass sie schwul sind. Die meisten Türken aus der Stufe würden sich total darüber aufregen", meinte Slash. Ich stieß ihn an. Ich wusste, dass es mit Burak nicht gut lief. Sie waren zusammen im Physikkurs und hatten angefangen abzuhängen, bis Burak ihn zu einer Fete einlud. Nur dass es keine Fete war, sondern ein Zweierdate in der Wohnung eines Freundes. Sie hatten gegessen, Sport geguckt und später noch rumgemacht. Aber das war drei Wochen her. Und in der Schule redete Burak nicht mehr mit Slash.

„Hier ist alles anders. Echt jetzt, ich habe vorher nie einen schwulen Mann gesehen. Und dass alle verrückt sind mit den Tieren. Tiere sind zum Essen. Gutes Fleisch. Tierleid – so ein Wort gibt es bei uns gar nicht. Und die Frauen regieren. Ich dachte, der Lehrer mag mich nicht, weil er mich immer gefragt hat: Was willst du? Was denkst du?“, sagte Halim.

Kiki küsste ihn.

„Ja, es ist sehr anders“, sagte ich und dachte an Jamal.

Slash drückte Halim ein Glas in die Hand.

„Willst du mit oder ohne Schuss?“

„Mit. Aber wenig. Und du? Magst du keine Mädchen? Kuck mal, Kiki und Dora – oder Simon? Sind Mädchen nicht viel schöner?“

Simon lachte. „Ey, Alter, ich bin auch gekränkt, wenn du sagst, ich bin nicht schön.“

„Verstehe euch nicht. Ist es egal, wenn ein Mädchen einen Freund hatte?“ Halim musterte uns.

„Yes!“ Simon mischte sich sein zweites Glas, und Kiki stand auf.

„Es geht doch gar nicht um den Freund. Es geht doch um die bekloppte Jungfräulichkeit.“

Ich wusste, dass sie sich gestritten hatten, weil Kiki beim Sex nicht geblutet hatte. Sie wollte von zuhause weg, viele Freunde haben und bestimmt keine Jungfrau sein. Das Witzige war, dass Halim tatsächlich ihr erster fester Freund war. Mit neun Jahren durften wir mit Marlena eine Woche mit zum Ponyhof. Und die Ponys waren störrisch und wollten uns abwerfen oder durchgehen. Wir liebten sie total, denn manchmal sprangen sie auch über Hindernisse, trugen uns durch den Wald und liefen durch ein Bachbett, ohne zu buckeln. Und ich wusste noch, wie Kiki an einem Abend geweint hatte, weil sie Blut in der Unterhose hatte und nach Hause wollte. Und eine der Betreuerinnen hatte ihr erklärt, dass das alles ganz normal sei und häufig beim Reiten passiere. Und ich wusste auch noch, dass ich und sogar Marlena Kiki beneidet hatten, denn irgendwie erschien es uns wie ein Ponyerehrenzeichen, das bewies, dass Kiki jetzt zu den richtigen Reiterinnen gehörte.

Über diese Jungfrauensache stritten sie oft, denn Halim wollte eine blonde, brave Jungfrau und behauptete, dass fast alle seiner Landsmänner so dachten. Tja, Pech. Viele der Naturblonden waren Pferdemädchen und hatten Herz und Häutchen längst an freche Ponys verloren. Oder sie hatten längst einen festen Freund gehabt.

Ich sah Slash an und beschwor ihn mit den Augen, nicht zu erwähnen, dass in der Gemeinschaftspraxis seines Vaters ein Iraner arbeitete, der kaum etwas anderes machte als Jungfernhäutchen zu flicken, damit es beim Sex blutete. Das hatte Slash schon einmal erzählt, und Halim war sehr wütend geworden und hatte sich einige Tage nicht in den Schulpausen sehen lassen.

Ich wollte beide ablenken und bewarf Kiki mit einer Walnuss. Simon und Slash stiegen sofort ein, und wir machten eine richtige Nüsseschlacht. Halim feuerte Nüsse auf uns und fing dann an zu lachen.

„Ihr seid nicht hübsch. Ein Junge aus Bangladesch sagt, dass er hier nie eine Freundin findet. Die

Mädchen sind so groß wie Ampeln, haben riesige Füße und gelbe Haare. Sie starren einen an und reden so laut", sagte Halim, und wir fingen an zu lachen. Wir lachten so doll, dass wir fast vom Sofa fielen. „Ja, Simon, du mit deinen Quadratlatschen brauchst gar nicht nach Asien fahren." „Und Kiki redet für drei."

„Und Slash – mit Riesennase und Möhrenhaaren."

Wir lachten, bis uns die Seiten weh taten und Kiki sich verschluckte und Fassbrause in den Raum prustete.

Nachdem wir uns beruhigt hatten, sammelten wir die Nüsse ein und räumten auf. Slash brachte uns nach draußen. Es wurde kühl und die Luft roch nach Holzfeuer.

Halim fasste Slashs Arm: „Du bist mir unheimlich, Mann", murmelte er.

„Ja, Mann. Du mir auch."

Kiki umarmte Slash und ging dann mit Halim. Simon wollte noch, dass ich mit ihm in der Stadt nach Geschenken guckte, aber ich hatte keine Lust. Beduselt vom Alkohol und unseren Gesprächen ging ich nach Hause. In der dunklen stillen Straße waren meine Schritte das Einzige, was zu hören war.

2

Jamal liebte die Farbe Rot. Beim Einzug war mein Vater mit ihm ins Möbelhaus gefahren, wo er sich ein rotes Zweisitzer-Sofa aussuchte. Zu Weihnachten würde er einen roten, runden Teppich und verschiedene Kissen bekommen. Jamal saß nie auf seinem neuen Schreibtischstuhl am Tisch, sondern lebte auf dem Boden, wo er aß, telefonierte, Filme guckte und seine Hausaufgaben machte. Das Zimmer war so anders als vorher. Jamal wischte Staub und räumte benutztes Geschirr sofort weg. Zu Weihnachten kaufte ich ihm eine rote Teetasse, die ich mit Datteln füllte. Eigentlich wollte ich ihm ein Foto einer afghanischen Landschaft rahmen, aber meine Mutter redete mir das aus. Das Jugendamt hatte vorgegeben, dass wir Jamal nicht auf die Flucht und sein Heimatland ansprechen sollten, sondern warten müssten, bis er davon redete.

Am 23. Dezember trafen wir uns alle in der Küche. Mein Vater holte den Baumständer aus dem Schuppen und Mama den Weihnachtskoffer vom Dachboden. Früher war das immer eine superspannende Aktion gewesen, aber heute guckten nur Lotta und

Jamal neugierig. Papa stand an der Spüle und säuberte den Ständer. Wir suchten den Baumschmuck und die Krippe zusammen.

„Ich habe eine Idee. Statt Geld schenken wir Marle ein Zelt. Sie braucht ein Wurfzelt. Sie lebt doch quasi auf der Straße", schlug Tim vor.

„Sie lebt nicht auf der Straße. Und du weißt genau, dass sie in Leipzig ein Zimmer hat und studiert", antwortete mein Vater gereizt und schrubbte verbissen.

„Aber sie ist doch immer unterwegs. Demonstrieren ist doch immer draußen. Das könnte sie doch brauchen. Das Zelt ist in weniger als einer Minute aufgebaut. Und schnell eingepackt, wenn sie mal abhauen muss."

„Jetzt hör endlich auf damit. Schluss jetzt. Das ist nur eine Phase. Und bestimmt bekommt Marlena kein Zelt, nur damit du es dir ausleihen kannst. Verdammt, ist dieser Ständer verdreckt. Warum haben wir ihn letztes Jahr nicht saubergemacht?", schimpfte mein Vater.

„Oder ein Polarschlafsack. Der geht bis minus fünfzehn Grad. Da hat sie es immer warm. Draußen und meinetwegen auch drinnen", fuhr Tim fort.

Jamal guckte verblüfft zwischen meinen Eltern hin und her, die gerade ihren Erziehungsblick tauschten. Noch eine halbe Minute, dann würde Mama eingreifen.

„Polarschlafsäcke sind so praktisch. Die kann man ganz klein machen. Und sie sind auch nicht teuer, ich mein ja nur."

„Tim, Schluss jetzt. Hör auf zu meinen und hilf mir die Fenster zu schmücken!", wies meine Mutter ihn an.

Wir reichten ihr die bunten Sterne, die wir alle in der Grundschule gebastelt hatten, und sie klebte sie auf die Scheiben. Danach hängten wir noch einen Mistelzweig auf und stellten eine Vase mit einer Amaryllis auf die Fensterbank.

Meine Oma und meine Schwester reisten am Weihnachtsmorgen an. Oma brachte wie immer einen riesigen Baumkuchen, einen geräucherten Aal und Geschenke mit. Ihr größtes Paket, das unter den Baum gelegt wurde, war für Jamal. Wir hatten auf Marlena gewartet und nur den Baum aufgestellt, aber noch nicht geschmückt.

„Wie schrecklich, dass er nicht bei seiner Familie ist, um diese Zeit des Jahres."

Meine Mutter wischte den Küchentisch sauber. „Mutter, er ist Muslim, sie feiern kein Weihnachten."

„Oma, Mama, redet nicht über ihn. Er sitzt neben euch." Meine Schwester verdrehte die Augen.

„Trotzdem. Er spürt es trotzdem." Und zu Jamal gewandt: „Alles für die Familie. Weihnachten ist die Familie das Allerwichtigste."

Jamal nickte und lächelte. Ich dachte nicht, dass er das verstand, denn in seinem Land war die Familie immer das Allerwichtigste. Meine Mutter lief zwitschernd in der Küche umher und versuchte, alle bei Laune zu halten, um die richtige Weihnachtsstimmung aufkommen zu lassen. Es roch gut, denn sie hatte schon das erste Blech Zimtsterne aus dem Ofen geholt. Während sich meine Schwester und meine Oma über das Aufstellen oder Nichtaufstellen der Krippe stritten, wurde ich immer stiller, denn ich wäre sowieso nicht dazwischengekommen. Die beiden schmissen sich in jeden Konflikt und liebten Streitgespräche. Der Exfreund von Marlena sagte, sie sei wie eine Bombe. Er sagte es irgendwie bewundernd, wahrscheinlich meinte er halb Sex- und halb Streitbombe, also explosiv in jeder Beziehung. Jetzt hatte sie sich auf einer Seite die Haare kurzrasiert und sich zwei Löcher ins rechte Ohr stechen lassen. Wie Jamal diese plötzliche Großfamilie wohl fand? Er war morgens extra beim Friseur gewesen und hinten im Nacken war ein heller Hautstreifen sichtbar, was ihn noch jünger wirken ließ. Meine Oma, die ihren großen Hut wie ein Schlachtschiff vor sich auf den Tisch gelegt hatte, saß am Kopfende. Sie hatte früher mit meinem Großvater ein Hutgeschäft besessen und es nach seinem Tod noch einige Jahre weitergeführt. Jetzt war sie Mitglied der Pro-Bürger-Partei der Stadt, die laut meiner Schwester rechts von rechts stand.

Tim guckte unter dem Tisch auf sein Handy und mein Vater blätterte in der Zeitung. Er hielt sich raus, wenn Oma über Politik und Zuwanderung lamentierte, obwohl er ihr schon mal gesagt hatte, dass sie sich doch bitte mal einen Tag ohne Migranten vorstellen sollte. Die Busse führen nicht, nichts wäre geputzt, im Krankenhaus würde der Betrieb zusammenbrechen, die Läden wären nicht gefüllt usw. Er trug seine Nikolauskrawatte, die wir ihm voriges Jahr geschenkt hatten.

Jamal schielte auf die Sportseite und guckte die Bilder der Fußballer an. Er rückte näher zu mir und blickte gequält, als Lotta sich unter dem Tisch breitmachte und pupste. Mit zunehmendem Alter war ihr Geruch immer unangenehmer geworden. Kurz: Sie stank manchmal.

Ich gab Jamal eine Sportseite und konzentrierte mich darauf, rotweiße Bänder um die Stuhllehnen zu wickeln. Später schmückten wir Kinder den Baum. Jamal mochte am liebsten die kleinen Figuren aus Holz, aber guckte uns jedes Mal fragend an, bevor er sie aufhängte. Mein Vater hatte ihm erklärt, dass der Baum nichts mit Jesus zu tun hatte, und deshalb kramte er begeistert in der Kiste. Marlena kletterte auf die Leiter und brachte die Spitze an, einen silbernen Stern, während ich zu verhindern versuchte, dass Tim immer mehr Zeug auf den Baum packte.

„Okay, reicht. Sieht super aus. Jamal, kannst du den Stecker anmachen?“, fragte Marlena. Der Baum ging bis zur Zimmerdecke und war einfach toll.

Vermutlich weil Oma als Baby die Flucht aus Schlesien überleben musste und, wie sie betonte, noch Hunger und Kälte kannte, bekam Jamal von ihr eine Kaminlampe. Sie sah aus wie ein kleines echtes Feuer, war aber elektrisch, und ich konnte Jamal vor mir sehen, wie er auf seinem runden Teppich an dem elektrischen Feuer saß. Sein winziger Punkt auf der Weltkarte. Ich hätte auch gerne einen gehabt. Am liebsten hätte ich ein kleines Zelt im Zimmer. Mit einer Himmelbettdecke und kleinen Sternchenlichtern und einem weichen Teppich. Ohne Bücher, nur Kissen und Musik und Lakritztoffees. Jamal war ganz aufgelöst mit all seinen Geschenken und ich freute mich, dass er mal einen glücklichen Abend in unserer Familie hatte. Er aß mit uns und feierte ein bisschen mit. Wir brachten alle seine Lampe mit nach oben, wo er sie gleich ausprobierte. Die rote Tasse stellte er in sein Regal. Marlena hatte arabische Spezialitäten gekauft, die vor ihm auf dem Tisch lagen, und während wir uns durch Klöße und Rotkraut futterten, knabberte Jamal Nüsse und Dattelkekse. Dann brachte Marlena ihn zur Wohngemeinschaft, wo er mit seinen Freunden essen und übernachten wollte. Er verbrachte seine gesamte Zeit mit Amir und Farid und freute sich schon auf das Übernachten.

Am zweiten Weihnachtstag lagerten Tim, Jamal und ich auf dem Sofa und guckten Bollywood-Filme. Eigentlich wollte ich was mit Marlena machen, aber sie wollte so viele Freunde treffen, dass ich sie höchstens spätabends zu Gesicht kriegen würde. Jamal lachte viel und ich genoss es, weil ich mir einredete, dass ich dabei auch etwas für die Schule lernte, denn schließlich liefen die Filme auf Englisch. Tim hatte nach einem genug, aber wir blieben liegen und guckten weiter. Jamal mochte Weihnachten und den gedeckten Tisch, weil es bunter war als sonst. „Farbe gut. Ist schön. Auch bei Essen. Jetzt in Afghanistan alles grau durch Krieg. Nur grau. Nicht gut. Früher die Frauen oft weiße Hosen und bunte Tücher. Jetzt alles schwarz und grau. Farbe sehr schön."

„Pst, warte." Ich fasste Simons Arm und lauschte.

Er hielt inne. „Was ist denn?"

„Doch nichts. Muss auf der Straße gewesen sein."

Simon rollte sich von mir runter und wir lagen eng nebeneinander.

„Echt, Dora, langsam nehme ich das persönlich. Deine Eltern wissen doch, dass wir zusammen sind, und sie können sich denken, dass wir hier nicht Schach spielen."

„Ja, aber es sind so viele Leute im Haus. Tim hat einen Kumpel da. Meine Schwester campt unten und Jamal ist nebenan. Er kann uns hören. Ich kann das hier nicht."

„Entspann dich mal.“

„Kann ich nicht. Willst du etwa, dass jemand hier reinkommt?“

„Nein. Aber ich will nicht die wenigen Stunden, die wir für uns haben, damit verbringen, dass wir die ganze Zeit panisch auf mögliche Stimmen hören.“

Er stand auf und setzte sich nackt auf meinen Schreibtisch. Er spielte mit meinem Lineal und den Kulis her-um. Obwohl es schon Winter war, konnte man noch den Abdruck der Badehose erkennen.

„Also, was ist jetzt? Willst du mit zu mir kommen?“

Eigentlich hatte ich keine Lust dazu, mich anzuziehen und durch die halbe Stadt zu fahren, aber ich wollte auch keinen Streit, also legte ich meiner Mutter einen Zettel hin und ging mit. Seit Kiki mit Halim schlief, fing Simon immer wieder davon an, dass ich endlich die Pille nehmen sollte. Er wollte die Zeit nutzen und nicht immer darauf warten, dass ich gerade keinen Eisprung hatte. Mir war ein Kondom allein viel zu unsicher, obwohl Marle behauptete, dass es sicher wäre, wenn die Größe stimmte. Es nerve sie total, wenn ein Mann auf die Frage nach seiner Kondomgröße nur ahnungslos rumstotterte. Simon war gekränkt, dass ich nicht die Pille nahm und nicht jede freie Minute mit ihm im Bett verbringen wollte.

Das mit dem Sex wurde langsam zu einem Problem, denn laut Simon wurde ich immer verklemmter und verbissener. Wir hatten uns in den letzten Wochen mehr gestritten als in den zwei Jahren davor. Oft wegen der Schule – du fehlst andauernd oder nie, du lernst dauernd oder nie, du machst dauernd Sport oder nie. Zum Glück hatten wir nur Englisch, Spanisch und SoWi zusammen. Oder Streit andersrum – du willst immer Sex oder nie, du willst immer feiern oder nie. Ich konnte keinen Spaß haben wie Marlena, die nicht über Konsequenzen nachdachte. Und bei Autorennen, Kiffen oder Gruppenknutschen dachte ich als Erstes an den lebenslangen Aktenvermerk. Ich machte immer Listen, die ich in meinem Zimmer versteckte, weil Marlena mich mal damit geärgert hatte, dass auf einer „WICHTIG – EINEN JUNGEN KÜSSEN – BIS SOMMER!“ in Großbuchstaben geschrieben war.

Jetzt stand meist etwas wegen des Abis drauf. Simon verstand nicht, warum mich die Schule so stresste und ich unbedingt Jura studieren wollte, was mich bestimmt noch mehr stressen würde. Nach seiner Idealvorstellung würden wir uns nach der Schule eine eigene Bude suchen, am besten mit Freunden. Natürlich müssten wir auch mal zur Uni gehen oder jobben, aber das stand immer auf Platz vier oder fünf oder sechs. Auf jeden Fall hinter Chillen mit Freunden, Sex mit der Freundin, Handball spielen und Fußball gucken. Manchmal beneidete ich ihn um seine Lockerheit. Er ging davon aus, dass er das Abi schaffte, sah aber keinen Sinn in einer Eins vor dem Komma, und er ließ nie ein Training aus, nur weil er am nächsten Tag eine Klausur schrieb. Er sah auch keinen Sinn darin, jetzt schon zu überlegen, ob oder was er studieren wollte. Was das anging, war er wie Marlena, die meinte, dass die Zwangsvollstreckung ewiger Arbeit unter Stress zu vermeiden wäre. Aber während sie das die ganze Zeit anklagte und diskutierte, wählte Simon die private Variante und zog sich raus, soweit es ging. Anders als Kiki saß er kaum in unserer Küche, um mit den anderen zu reden, sondern zog mich immer gleich zur Treppe. Auch Freundschaften strengten ihn nicht an; in Gruppen schwamm er meist in der Mitte und ging einfach davon aus, dass seine Kumpel noch mit dreißig mit ihm Fußball gucken und ein paar Tore werfen würden. Nach dem Abi wollte er jobben und dann für mindestens acht Monate nach Asien fliegen und Vietnam, Laos und Indonesien bereisen, und er verstand einfach nicht, dass ich das nicht auch wollte. Zu Weihnachten hatte er mir jedenfalls einen Stadtplan von Jakarta und einen Gutschein für ein vietnamesisches Restaurant geschenkt.

In den Tagen nach Weihnachten schrieb ich endlich die Bewerbung für Berger & Cassmeyer und betete jeden Abend darum, dass sie mir einen Praktikumsplatz in ihrer Kanzlei anbieten würden. Meine Mutter meinte zwar, dass das kein Problem sei, weil mein Vater mit Berger in einem städtischen Ausschuss saß, aber sie kaufte extra feste Briefumschläge und Sonderbriefmarken. Neben der Marke „50 Jahre Justitia et Pax“ konnte ich zwischen Luther und Schlegel wählen, falls der Brief zu schwer würde. Mein Vater sah die Bewerbung durch. Wir hatten oft darüber gewitzelt, dass ich ihn in seiner Kanzlei ablösen und endlich die Räume hellgrün streichen und mit großen Pflanzen versehen würde, während er mit Mama auf Kreuzfahrt ging. Er hatte sich gefreut, als ich Latein statt Französisch wählte, und sich seitdem mehr für meine Hausaufgaben interessiert als für Marlenas. Er hatte mir auch den Erdkunde-LK ausgeredet, weil sich da die schwachen Schüler sammelten, und mich ermuntert, Englisch zu wählen, um einen guten Start im internationalen Recht zu haben. Mein Vater redete immer in Sportmetaphern. Vielleicht dachte er, dass uns das aufmunterte. „Du musst das Ruder in die Hand nehmen. Jetzt musst du den Ball am Rollen halten. Jetzt kommt der entscheidende Schlag."

Auch wenn meine Eltern beteuerten, dass ich schon alles richtig machte und die Welt nicht unterging, wenn ich mal eine Zwei oder Drei schrieb, wusste ich: Es war wichtig. Das mussten sie mir nicht sagen. Wichtig – wie die Zwei in Mathematik zu behaupten und so meinen Einser-Schnitt zu verteidigen. Eine Nacht träumte ich, dass ich in der Prüfung eine Aufgabe bekommen hatte, die ich nicht verstand, und in der nächsten, dass die Zahlen auf dem Zettel tanzten und nicht zu erkennen waren.

Zu Weihnachten hatte meine Mutter eine Zeitschrift über das Frausein in der Mitte des Lebens bekommen. Vierzig sei das neue Dreißig. Totaler Quatsch. Zwanzig ist das neue Dreißig. Nach der Schule gibt es die erlaubte kurze Pause, höchstens ein Jahr, nicht wie bei den Wikingern, wo man drei Jahre lang faul am Feuer liegen durfte. Zwanzig, das Entscheidungsjahr: Welche Beziehung? Welcher Beruf? Welche Stadt?

Mein Regal bog sich inzwischen unter den Büchern. Die letzten Pferdebücher und ein Stickerheft standen in einer Kiste unter dem Bett, und Harry Potter und Twilight verstaubten auf dem unteren Regalbrett. Neben den Schulbüchern und den Finale-Abivorbereitungsheften gab es eine neue wachsende Sammlung. Ratgeber, wie man seine Prüfung erfolgreich meistert, eine aussagekräftige Bewerbung schreibt und sich beim Auswahlgespräch gut präsentiert. Und vor allem der Leitfaden, wie man die richtige Uni mit guten Auslandskontakten und internationalem Ansehen findet. Und in Bezug auf das nächste Jahr wusste ich nicht, was eigentlich schlimmer war – die Abi-Prüfung oder die Zeit danach.

Halim hatte beim letzten Treffen zu mir gesagt: „Du bist eine arme Frau. Du lächelst nie. Bei uns zu Hause hättest du ein Baby und du könntest lächeln.“ Wir haben zwar alle gelacht, aber ich fand es nicht mehr ganz so witzig, seit ich gemerkt hatte, dass der Arzt mir die gleichen Medikamente verschrieb wie Jamal. Die Psycho-Tabletten und dazu das gleiche grünliche Zeug für den Magen. Auf dem Beipackzettel stand etwas von Angstattacken und milder Depression. Toll, wir nahmen nicht nur die gleichen Tabletten, sondern mein Vater hatte uns beiden den gleichen Gutschein für das Fitnessstudio geschenkt, weil Sport gesund sei und Spannungen abbaue.

Slash kam vorbei, um sich von meinem Vater eine Skibrille zu leihen. Er wollte mit Simon über Silvester in den Schnee. Einige der Handballer hatten einen Kleinbus und eine gammelige Hütte aufgetan, um vier Tage Snowboard und Ski zu fahren.

„Hallo, Jan-Malte, schön, dich mal zu sehen“, begrüßte mein Vater Slash im Wohnzimmer. Außer ihm gab es vielleicht noch drei ältere Verwandte, die Slash noch bei seinem Kindernamen riefen.

„Ich hole dir die Brille. Brauchst du auch Handschuhe? Ich habe ein paar gute“, fragte mein Vater.

„Nein danke, die Brille reicht.“

Während mein Vater oben in der Sportkiste rumsuchte, begutachtete Slash den Baum. „Vorbildlich. Wie immer. Groß, aber die Spitze berührt die Decke nicht.“ Er stieß mich an. „Nein! Dora, hier hängen zwei rote Kugeln nebeneinander!“ Er sah mich streng an und sagte in der Stimme seiner Mutter: „Immer schön die goldenen und die roten Kugeln mischen. Und bitte kein Glitzerzeug. Das ist so ordinär.“

„So schlimm ist deine Mutter doch gar nicht.“

„Stimmt. Aber beim Weihnachtsbaum und dem Beet vor dem Hauseingang hört der Spaß auf. Sie nimmt ein Lineal, damit die Kugeln gleichmäßig hängen.“ Wir lachten.

„Komm doch auch mit nach Österreich. Im Bus gibt es noch freie Plätze“, schlug Slash vor.

„Ja, aber in der Hütte nicht."

„Du kannst bei Simon schlafen. Oder in meinem Bett. Ich schlafe auf dem Boden."

„Slash, du bist süß, aber ich fahre nicht fünfzehn Stunden Bus, um drei Tage Ski zu laufen."

Er verzog das Gesicht. „Jetzt übertreibst du wieder. Es sind doch nur fünfhundert Kilometer. Das wird nicht ewig dauern. Außerdem fahren wir Snowboard. Das ist geiler als Ski. Du könntest ein bisschen Spaß vertragen."

„Slash, da sind nur Männer!"

Er wackelte mit den Augenbrauen. „Na, hoffentlich."

Mein Vater kam zurück, gab ihm die Brille und brachte ihn zur Tür.

„Passt auf euch auf. Lasst euch nicht vom Snowboard abwerfen", rief ich Slash hinterher.

Ich mochte Silvester nicht. Überhaupt nicht. Ich hasste den Gestank und die Böllerei, und früher hatte ich mich oft mit Lotta unter das Bett verzogen und Decken über uns gelegt. Und den Jahreswechsel hasste ich auch. Die guten Vorsätze für das neue Jahr, die eigentlich doch nur die Abrechnung mit dem letzten Jahr waren. Die zwei Kilo, die ich abnehmen musste, hatte ich letztes Jahr zugenommen. Die Eins, die ich brauchte, zeigte doch nur, dass das letzte Quartal nicht super gelaufen war. Und schon vor Silvester wusste ich, dass Jamal und ich diejenigen waren, die höchst beunruhigt in das nächste Jahr gingen. Er hatte Angst wegen seiner Eltern, der Schule und seiner

Anhörung. Ich hatte Angst vor den Klausuren und dem, was danach kam. Was, wenn ich keine Praktikumsstelle bekam? Was, wenn ich eine bekäme, aber nicht gut genug wäre? Oder wenn meine Noten nicht ausreichten, um hier zu studieren? Wie sollte ich jemals ausziehen, wenn ich schon Angst hatte, alleine mit dem Zug zu Marlena nach Leipzig zu fahren? Wie sollte ich eine eigene Wohnung finden? Wie?

Schließlich konnte ich nicht mehr im Bett liegen bleiben. Ich lief im Zimmer auf und ab, schnappte nach Luft und begann zu keuchen. Panik. Krasse Panik. Ich legte den Kopf auf die Knie und versuchte langsamer zu atmen. Ein und aus. Und ein und aus. Als ich wieder Luft bekam, nahm ich eine von den Pillen. Ich atmete in kurzen Zügen, aber zwang mich immer wieder auszuatmen, bis ich wieder die Kontrolle hatte. Alles gut. Ich war in meinem Zimmer, dem sichersten Ort der Welt.

Später rief Kiki mich an.

„Lass uns etwas feiern gehen. Jana gibt eine Spontanparty."

„Ja, habe ich schon gesehen. Aber, Kiki, ich will nicht raus."

„Okay, nicht feiern. Wie wäre es mit Essengehen oder zwei Stunden Cocktailbar?"

„Heute nicht. Ich weiß, es ist Silvester, aber trotzdem. Mach doch was mit Halim."

„Würde ich gerne, aber meine Eltern sind da. Und sie bekommen Besuch. Und bei ihm geht es nicht."

„Dann nimm ihn mit zu Jana."

„Vielleicht. Kann ich meinen Eltern sagen, dass ich bei dir übernachte?"

„Ja, klar."

„Ich melde mich um zwölf. Was machst du heute noch?"

„Nichts. Mit Marle rumhängen."

Das war gelogen, denn Marle war seit gestern bei Freunden. Zehn nach zwölf schickte Kiki mir ein Foto von sich und Halim, mit Feuerwerk im Hintergrund. Und Simon war zum Glück mit Slash auf der Hütte. Bisher ohne Blessuren. Er schickte mir Fotos vom Snowboarden und lallte mir Mitternachtsliebesgrüße aufs Handy.

Am Neujahrstag schneite es auch bei uns, was mich versöhnlich stimmte, und ich ging mit Lotta in den Park. Der ganze Müll der Nacht war zugedeckt, also eigentlich überzuckerter Dreck. Aber der Schnee wirkte so frisch und sauber, als wenn alles möglich wäre in diesem Kalenderjahr. Die Luft roch wie frisch gewaschen und meine Schritte knirschten.

Aber zuhause grinsten mich die gleichen blöden Bücher an. Dieser Druck! Um jemals wieder schlafen zu können, brauchte ich einen Plan B. Nur aus dem Grunde bewarb ich mich für das Freiwillige Ökologische Jahr. Damit ich zumindest mit der Schande nicht alleine zuhause sitzen müsste, ohne Plan und ohne

Superzeugnis. Wenigstens könnte ich dann weggehen, und deshalb gab ich bei der Bewerbung nur Ziele in Norddeutschland an. Es war ja nur eine Gedankenspielerei, also warum nicht hoch pokern und gleich Nordsee oder Ostsee angeben? Keine Fernreise und keine Städtetour hatten mich so begeistern können wie vor Jahren die Familienwoche auf einem Campingplatz auf Amrum. FÖJ im Nationalpark Wattenmeer. Körperlich anstrengend, vierhundert bis fünfhundert Euro Taschengeld. Okay, anders als Kiki und Marlena kam ich immer gut mit meinem Geld aus. Welchen Schwerpunkt sollte ich wählen? Tierpflege oder Arbeit im Gelände? Ja, das war besser als Seminarhaus oder Jugendherberge, wo ich quasi Hilfslehrerin und -sekretärin wäre. Vielleicht eine Insel? Oder die Seehundstation Friedrichskoog? Oder die Elbmarschen? Totale Auswahl. Und die Berichte der ehemaligen Teilnehmer hörten sich megamegasuper an. Ich brauchte eine Bleibe, damit meine Eltern mir nicht reinreden konnten. Begierig suchte ich die Infos durch und fand erleichtert heraus, dass viele Einsatzstellen eine Unterkunft bereitstellten. Bei einigen Arbeitsstellen gab es auch freies Essen. Und ich durfte auswählen, ob ich im August oder im September beginnen wollte. Es lenkte mich ab und ich las gerne die Informationen und schrieb an der Bewerbung.

Der Weihnachtsmarkt lief immer noch. Der letzte Tag und der Gang durch die Stadt waren ein Anschlag auf meine Sinne. Es war brechend voll und Weihnachtslieder plärrten aus verschiedenen Lautsprechern. Es stank nach Glühwein, Fleisch, gebratenen Mandeln und Billigparfüm, als ich mich über den Friedrichsplatz schob.

Simon wartete schon vor der Pizzeria auf mich. „Hallo, du Süße."

„Hallo, du Schneebär."

Er war braungebrannt und roch nach Schnee und Apfel, als ich ihn küsste. Wir setzten uns hinten in eine Nische und bestellten eine große Pizza mit Pilzen und Artischocken. Simon trug einen neuen grünen Sweater, der richtig gut zu seinen Augen passte. Er erzählte begeistert von dem Snowboardfahren. Meine Kiefermuskeln entspannten sich, während wir aßen, und als Simon mich angrinste, breitete sich bei mir die Erleichterung, dass zwischen uns alles gut war, langsam im Bauch aus.

Wir fütterten uns mit Pizzastücken und er brachte mich zum Lachen, als er seinen Vater beim Baumaufstellen parodierte. Ich mochte seinen Vater, aber er war wirklich kein Praktiker und brach sich fast den Arm, wenn er nur eine Glühbirne reinschraubte. Simon brachte mich nach Hause, aber wir blieben immer wieder stehen und machten noch einen Umweg durch den Park. Ich war so froh, ihn zu sehen.

„Warum knistert deine Jacke so?", fragte ich.

„Ah, habe ich vergessen. Die Kekse von meiner Oma. Hast du schon wieder Hunger?"

„Noch nicht." Ich rannte über die Wiese. „Los, fang mich!"

Ich lief um eine Baumgruppe und kletterte schnell über einen Ast, bevor Simon mich eingeholt hatte.

„Unfair!", rief er beim Abbremsen und verlor das Gleichgewicht. Ich ging zurück, um ihm aufzuhelfen, aber er griff nach meinem Arm und zog mich zu sich.

„Hast du dir wehgetan?"

„Ja, hier und hier." Er zeigte auf seinen Mund. Ich tat, als wollte ich pusten, aber nahm heimlich etwas Schnee und rieb es ihm ins Gesicht, als er die Augen schloss.

Ich sprang auf und lief weg, aber diesmal war er schneller und zog mich an sich.

„Nicht einseifen. Du zerdrückst die Kekse. Lass los."

„Okay, aber nur, wenn du einen Schneeengel machst. Einen schönen Engel."

„Okay, aber dann kriege ich die Kekse", verlangte ich.

Es lag genug Schnee und am Himmel standen die ersten Sterne. Ich zog Simon zu mir. Wir kuschelten uns eng aneinander und drückten einen Liebespaarengel mit einem großen Flügel in den Schnee. Wir blieben liegen und aßen die Zimtsterne seiner Oma. So konnte es bleiben.

Aber es blieb nicht so, und jeden Tag erinnerte mich irgendetwas daran, dass ich erwachsen werden musste. Entscheidungen treffen musste. Kaum jemand aus der Stufe wusste, was er nach dem Abi machen wollte. Fast alle wollten einen Aufschub. Sie wollten jobben, reisen und rumhängen. Verdammt, wie wird man erwachsen? Gibt es ein Verfallsdatum für die Teeniezeit? Ich dachte immer, das wäre die Schwangerschaft oder der Studienabschluss.

In der Nacht war ich immer drauf und dran, Marlena zu wecken, aber ich hatte Angst, das ganze Haus aufzuschrecken. Außerdem fuhr ihr Zug schon um halb acht. Ich wünschte, sie könnte mir helfen, aber wir waren einfach krass unterschiedlich. Als ich fünf war und Marlena sieben, haben wir uns gegenseitig die Haare geschnitten. Es war ihre Idee, denn wir wollten für Lotta, die noch ein Welpe war, ein Kissen füllen. Wir kürzten uns nicht die Spitzen, sondern zogen die Haare nach oben und schnitten sie dicht am Kopf ab. Vorn hatten wir einen angefressenen Igelschnitt und hinten lange Haare, und in den Händen hielten wir ein ordentliches Knäuel für Lottas Kissen. Es war ein Sonntagabend, und am nächsten Morgen stellte Mama, die entsetzt von dieser Aktion war, fest, dass sie keinen geöffneten Friseursalon fand. Also wurde ich zur Kita und Marlena in die benachbarte Schule gebracht. Und als Mama uns abholte, fand sie ein verheultes Kind, das die letzte halbe Stunde draußen allein gespielt hatte, und ein Gebäude weiter zwei empörte Mütter. Sie regten sich darüber auf, dass Mama ihre Tochter so herumlaufen ließ. Sie sei ein schlechtes Beispiel und zwei andere Kinder wollten bereits den gleichen Haarschnitt.

Klar, ich war das verheulte Kind, und obwohl wir sofort am Dienstag zum Friseur gingen, trug ich noch die ganze Woche eine Mütze. Marlena dagegen war nicht zu bewegen, hinten ihre Haare abschneiden zu lassen, und selbst auf den Weihnachtsbildern trug sie noch Vokuhila. In die dünnen Zöpfe flocht sie sich Plastikblumen und Perlen ein und war die angesagteste Wildnisprinzessin der Klasse.

Marlena studierte inzwischen Politikwissenschaft, aber sie nahm es praktisch, denn bei den ewigen Demos und Meetings blieb ihr wohl kaum Zeit, in einem Hörsaal zu sitzen.

3

Am ersten Schultag prellte sich Simon beim Sturz auf der vereisten Treppe die Schulter und Jamal stritt sich mit seiner rothaarigen Betreuerin. Eigentlich stritt er sich nicht, aber er weigerte sich, sie noch einmal zu treffen. Mama und die ehrenamtliche Frau versuchten auf ihn einzureden, aber er stieß immer nur das Wort „Ehre“ heraus. Und seine Ehre war tief getroffen, weil sie ihn von der Schule abgeholt hatte, um etwas mit ihm zu besprechen. Aber sie hatte sich geweigert, ihn die sechshundert Meter bis zur Schillerstraße mit dem Auto mitzunehmen. Trotz seiner Bitte war sie davongefahren und hatte ihn stehenlassen inmitten der anderen Jungen. Und er war daraufhin direkt nach Hause gegangen. Es nutzte überhaupt nichts, ihm zu erklären, dass die Betreuerin ihn nicht mitnehmen durfte. Das Jugendamt würde Ärger machen, denn die Mitfahrer sind nicht versichert. Nicht nur Jamal, sondern auch Amir weigerte sich, mit ihr zu sprechen, obwohl sie beide Jungen in der Clearingstelle aufsuchte.

Als sie zu uns kam, öffnete ich ihr die Tür. Ihr Gesicht war rotgefleckt, so dass die Sommersprossen aussahen wie Punkte auf einer Landkarte. Es tat mir leid für sie, denn Jamal verschanzte sich in seinem Zimmer.

„Wollen Sie vielleicht in die Küche kommen? Ich rufe ihn."

Ich rannte hoch und klopfte, aber Jamal antwortete mir nicht und drehte arabische Musik voll auf.

„Jamal, mach auf. Sie will doch nur mit dir reden. Jetzt komm schon."

Aber er öffnete nicht.

Eine Woche später bekam er einen Termin bei seinem Vormund. Jamal konnte nicht verstehen, warum er noch nichts über seine Anhörung erfahren hatte, die über sein Bleiben entscheiden würde. Er zählte uns auf, wer schon alles einen Bescheid hatte. Es war kein Termin in Sicht, aber er bekam eine neue Betreuerin, die sich bei uns vorstellte. Sie war auch jung, aber trug einen französischen Zopf und eine Brille und lächelte nicht. Sie wollte, dass er an einer Jugendfreizeit teilnahm oder wenigstens einen Schwimmkurs machte. Mit dem Schwimmkurs hatten sie es, auch die Ehrenamtliche drängte ihn dazu. Es war komisch, die Neue im Haus zu haben, und ich hatte das Gefühl, unsere Familie durch ihre Hornbrille zu sehen.

Am Donnerstag traf ich in unserer Küche auf Tim, der mit zwei Mädchen am Tisch saß. Jamal und Amir wärmten sich gerade Fladenbrot auf und verzogen sich nach oben. Ich hörte auf der Treppe, wie die Mädchen auf Tim einredeten. Und dann, wie die Haustür zuklappte.

Das war so ungewöhnlich, dass ich noch mal in die Küche zurückging.

„Und – was wollten sie?"

„Ach, die sind so nervig. Besonders Leandra. Sie gehen zu jedem aus der Klasse, der in der letzten Woche nicht bei dem Freitagstreffen war."

Ich nahm mir ein Glas Saft. „Fridays for Future?"

„Ja. Ich meine, klar gehe ich da mal hin. Besonders wenn es wärmer wird. Freier Tag für Future klingt doch nice."

„Joke!", fügte er hinzu, als er mein Gesicht sah.

Vielleicht. Aber mein kleiner Bruder war immer für freie Tage und Abhängen, da war er ganz wie Simon.

Jamal verbrachte jetzt öfter die Nachmittage mit Tim und sie guckten Fernsehen oder spielten mit der alten Playstation. Er trug Mama die Einkäufe ins Haus und schimpfte mit Tim, wenn der sich mit ihr stritt.

„Du musst helfen. Und Respekt. Du bist Kind. Zuhause ich siezen meine Eltern. Und immer machen, was sie sagen. Du darfst nicht gegenreden. Respekt haben vor Mama."

Und Amir war der einzige Freund, den er manchmal mitbrachte. Er sah gut aus, der Typ, den meine Oma im Fernsehen als „arabischen Prinzen" bezeichnet hätte. Auch wenn sie heute keine arabischen Prinzen im Haus wünschte und eher auf Wikingerhelden stand. Weihnachten hatte sie tatsächlich gefragt, ob

Jamal denn viele Leute mitbrächte, und Marlena hatte geantwortet: „Ja, ganze Horden von Arabern, die hier rumsitzen. Man kann sich nicht vor ihren Blicken retten."

Am Tisch sagte Amir kaum etwas. Aber wenn sie oben waren, hörte ich sie öfter lachen. Amir wohnte immer noch in der Clearingstelle und ging mit Jamal in eine Klasse. Und irgendwie wussten die Mädchen aus Tims Schule, wann er da war. Wenn dann die Jungen am Tisch saßen, stolzierten sie durch die Küche, gingen zum Kühlschrank oder zur Spüle und kicherten wie betrunkene Hühner. Tim verstand nicht, warum er auf einmal so beliebt war. Aber da er sich nichts aus Mädchen machte, nahm er es stoisch, wenn sie vorbeikamen, um nach den Hausaufgaben oder dem Freitagstreffen zu fragen.

In der vierten Stunde hatte es angefangen zu schneien. Wir saßen oben bei Spanisch, aber unter uns tobten die Kleinen und rissen die Fenster auf, bis unsere Lehrerin hinunterging und sie zusammenstauchte. Sie kreischten noch lauter als sonst, weil sie ihre Halbjahreszeugnisse nach der vierten Stunde kriegten. Simon setzte sich an meinen Tisch.

„Puedo traer a casa."

„Da fehlt was."

„Darf ich Ihnen bringen einen Kuss?", sagte er in einer grauenhaften Mischung aus spanischem Akzent und Oberkellner.

Ich lachte.

„Kommst du nachher vorbei?"

„Si, Senorita. Yo tengo heute eine Handballtraining zusätzlich. Danach könnte ich zu Ihnen kommen. Slash mich absetzen."

„Gut, aber fahrt nicht Motorrad, wenn es draußen glatt ist. Deine Schulter ist gerade wieder okay."

„Nein, Mama, machen wir nicht." Er schrieb ein paar Sätze aus meinem Spanischheft ab und ging zurück auf seinen Platz. Der Schnee fiel ganz sacht in dicken feuchten Kissen und ich freute mich auf die Parkrunde mit Lotta. Früher hatte sie den Schnee immer angebellt und versucht, die Flocken zu fangen. Ich ging sofort los, bevor die weiße Watte wieder grauer Matsch wurde.

Als ich nach Hause kam, stritt meine Mutter mit Tim. Sie räumten den Tisch ab und Tim schmiss den Käse in den Kühlschrank und stellte die Becher klirrend in die Spülmaschine. Lotta jaulte und verzog sich in ihr Körbchen.

„Ich verstehe dein Zeugnis nicht. Wie konntest du so abrutschen?"

„Bei Jamal sagst du nie etwas. Er fährt zu einer anderen Schule und du erzählst der Betreuerin, dass es eine gute Schule sei, die nur achtzehn Schüler in der Klasse hat. Und dass er nächstes Jahr sicher den kleinen Hauptschulabschluss schafft. Und mich – mich meckerst du immer nur an. Dabei schaffe ich längst den Hauptschulabschluss. Nur wegen drei Vieren meckerst du."

„Ja, verrat mir mal, wie man in Kunst eine Vier kriegen kann. Hast du geschwänzt?"

„Nein! Aber ich hasse dieses blöde Töpfern. Und habe dann eben keine doofe Vase gehabt. Die sehen sowieso scheiße aus und stehen tun sie auch nicht. Ich habe keinen Bock da drauf."

„Du kannst auch was ohne Bock machen. Dich mal zusammenreißen."

„Zu Jamal sagst du das nie. Oder zu Dora. Immer meckerst du mich an."

„Das ist doch ganz etwas anderes."

„Ja, weil du willst, dass wir Abitur machen. Als wenn man sonst gar kein Mensch wäre. Abitur! Abitur! Marle wollte auch abgehen. Aber du und Papa, ihr wolltet das nicht. Vielleicht will ich gar nicht studieren. Vielleicht will ich Handwerker sein. Dachdecker. Das ist cool und die verdienen ordentlich."

„Tim, du weißt doch gar nicht, was du werden willst."

„Stimmt", schrie er, „aber du weißt es auch nicht!"

Er knallte die Küchentür und rannte nach oben.

Meine Mutter sah mich an.

„Pubertät, die dritte." Sie seufzte und strich sich die Haare aus dem Gesicht.

„Und bei dir?" Sie befingerte wieder ihre Ringe.

„Keine Überraschungen. Wir haben unsere Punkte ja schon. Alles okay. Und mach dir wegen Tim keine Sorgen. Der kriegt sich schon wieder ein."

Jamal und Amir brauchten noch zwei Jahre bis zum Realschulabschluss oder bis sie die Schule verlassen konnten. Sie klebten immer zusammen. Ich glaubte nicht, dass der Schulabschluss oder die Berufswahl oben auf ihrer Gesprächsliste standen. Sie hörten viel Musik und telefonierten mit Familie und Freunden, und manchmal traf ich sie zufällig in der Stadt. Auch Amir wusste nicht, ob und wann seine Eltern kämen, und vermutlich fuhren sie deshalb so ein Geschwisterding.

Das Zeugnis war auch bei Halim das Thema. Er und Leute aus seiner Klasse schimpften darüber, wie wenig ihnen anerkannt wurde und wie viele Jahre sie noch die Schule besuchen mussten, bis sie Abitur machen konnten. Deshalb wollten viele aus seiner Klasse Fachabi mit Berufsabschluss machen. Halim dachte daran, Krankenpfleger zu werden. Eigentlich hätte es Arzt sein sollen, aber jetzt war sein Ziel, als OP-Pfleger zu arbeiten und die Patienten für die Operationen vorzubereiten. Laut Kiki saß Halim mehr über seinen Büchern als wir und er besuchte zusätzlich einen Sprachkurs „Deutsch für Pflegeberufe". Kiki und Halim lernten oft zusammen. Manchmal fuhr ich zu ihr und wir saßen zu dritt an dem riesigen Küchentisch.

Halim lief dann oft im Wohnzimmer hin und her, um den Stoff zu memorieren.

Ihr Ausgleich war das Kochen. Und ich meine nicht dieses „Ich schmeiß die Spagetti ins Wasser und du machst die Salatsoße“-Kochen. Ihre Salate bestanden aus mehr als fünf Bestandteilen. Sie redeten oft über Rezepte und gingen zusammen in die Stadt, um in Geschäft A die frischesten Paprika und in Geschäft B den besten Basmatireis zu kaufen. Vielleicht sollten sie ein Restaurant aufmachen, wenn Kikis Eltern wieder mehr zuhause wären und Halim aus der Familienküche verbannten. Da sie Miteigentümer eines Küchenstudios waren, standen häufig Messen an, zu denen sie fuhren. Wenn sie zu Hause waren, kam Halim kaum in die Lessingstraße, denn sie versuchten ganz offensichtlich, die Beziehung abzuwürgen. Kiki sollte es später besser haben, studieren und erfolgreich sein. Die Eltern wirkten immer happy mit ihrer Arbeit und waren ein eingeschworenes Team im Laden und zuhause. Ihre Mutter sprach oft sogar die Sätze des Vaters zu Ende. Und wenn sie Kiki besser verstanden hätten, hätten sie gecheckt, dass der Gegenwind die beiden noch mehr zusammenschweißte. Am Küchentisch sitzend wirkten sie genau wie Kikis Eltern, wenn sie Pläne machten und dabei Tee tranken.

In den nächsten Wochen traf ich Jamal nachts öfter in der Küche. Ich schickte Lotta ins Körbchen und setzte Wasser auf. Er holte seine Steinkrüge mit Kräutern, die nach Ingwer und Kardamom rochen. Meist kochte er Pfefferminztee. Wir schlürften den Tee, ohne Licht anzumachen. Nur das Flurlicht brannte. Wir redeten nicht. Ich fragte mich, ob Jamal mehr reden würde, wenn er in Afghanistan geblieben wäre. Wir saßen einfach da. Irgendwo dazwischen in der Dämmerung. Sozusagen im Wartesaal, und ich fand es tröstlich, dass ich nicht allein in der Küche saß. Lotta gab im Schlaf ab und zu fiepende Geräusche von sich.

Ich war angespannt und musste nachts wieder die Beißschiene tragen, damit mir nicht die Zähne knirschten. Kaugummi, das ich jetzt täglich brauchte, stand immer auf Mamas Einkaufsliste. Und es regnete. In der Schule hingen die Jacken der Kleinen auf dem Flur, und es stank nach Schimmel. Es nieselte drei Tage hindurch, zwischendurch schüttete es, und dauernd wurde man nass, wenn man auf den Bus warten musste. Am liebsten wäre ich im Bett geblieben, weil ich das Gefühl hatte, alles würde immer so weitergehen. An einem Tag setzte ich mich an der Haltestelle auf ein Kaugummi und auf der Straße lag eine totgefahrene Taube. Alles nur grauer Zement. Abends hing ich stundenlang vor dem Fernseher und jede Nacht hätte ich länger schlafen können. Der Wecker klingelte wie eine Alarmglocke und nur ein paar Minuten mehr Schlaf kamen mir wie ein kostbarer Schatz vor. Schon morgens nach der Pause dachte ich daran, dass ich zurück in mein Bett kriechen wollte. Der ganze

Druck und der Regen, so dass man die Hoffnung verlor, dass es jemals wieder einen unbeschwerten Sommer geben würde. Zwar erreichte ich mehr Punkte als meine Freunde und die 1,5 oder 1,6 rückte in realistische Nähe, wenn ich Spur hielt. Aber Kiki und Simon wollten das Abi einfach nur schaffen und rechneten sich keinen Notendurchschnitt aus. Zum Glück waren die anderen entspannter und Kiki bot mir an, zu mir nach Hause zu kommen, mir die Füße zu massieren und die Nägel anzumalen. Sie schwor, dass Fußpflege das Zaubermittel zur Entspannung sei.

In der Mittelstufe hatte ich mich manchmal gewundert, dass die anderen überhaupt mit mir abhängen wollten, denn ich war die Miss Uncool in der Clique, das Mädchen, das in der achten Klasse immer noch eine Zahnspange trug. Wir konnten nie als Gruppe schwänzen, weil ich nach Kikis Meinung immer schuldbewusst aussah, selbst wenn ich nichts gemacht hatte. Sie ärgerten mich damit, dass ich zu einem AA-Treffen der Perfektionisten gehen sollte, wenn ich sie an fällige Hausarbeiten erinnerte. Kiki konnte perfekt lügen und sah dabei so unschuldig aus, selbst dann, wenn sie im Laden gerade einen Lippenstift geklaut hatte. Simon hatte sich damals selber mit einer Nadel Ohrlöcher gestochen, Slash verliebte sich in einen Jungen und Kiki widersetzte sich der Schulordnung, indem sie den Sportunterricht verweigerte.

Kiki stand pünktlich um sieben vor meiner Tür und hatte ihren großen Kosmetikkoffer dabei, so dass sie wie eine Vertreterin für Beauty-Produkte aussah.

„Tada! Bin ich hier richtig? Einmal aufheitern und verschönern?"

Ich zog sie in den Flur. „Lass uns erstmal sehen, ob wir noch was zu essen finden."

Wir kramten in den Schränken und nahmen eine Packung Kekse und eine Tüte Chips mit nach oben.

Kiki packte ihre Fläschchen und Tiegel aus und schob energisch den Schulkram vom Schreibtisch, um ihre Kosmetik auszubreiten. Sie war zielstrebig und stur, nicht nur beim Sportunterricht. Ich war auch kein Sportfan, aber quälte mich trotzdem durch die stinkende Turnhalle oder durch die Kurzkurzschwimmstunde und das Gehetze in der Umkleide. Viele Mädchen brachten Entschuldigungen wegen ihrer Mens oder auch ärztliche Atteste mit. Aber nicht Kiki. Sie schwänzte auch nicht, sondern ging mit zur Halle, aber anstatt sich umzuziehen, schlug sie ein Buch auf und spielte am Handy. Sie setzte sich auf die Bank und versuchte erst gar nicht, sich zu erklären oder rauszureden. Die Sportlehrer wussten nicht, was sie mit ihr machen sollten. Die aus der Acht hakte Kiki einfach auf der Liste ab, aber die aus der Neun drohte mit einer Sechs und einem Elterngespräch. In dem Sommer meldete ihre Mutter sie bei einem Sommertanzcamp an, weil sie hoffte, dass sich Kiki durch einen Ballettworkshop etwas mehr Haltung aneignen würde. Aber Kiki meldete sich um und besuchte einen Twerkkurs, den eine junge Afroamerikanerin gab. Damals sagte mir das nichts, außer dass es Hinternwackeln war. Letzten Sommer hatte ich mal einen Samstag mitgemacht, aber abgesehen von der Frage, ob Po-Schwenken frauenfeindlich ist, brauchte man mehr Muskeln und Power, als ich hatte.

Und jetzt brachte sich Kiki gerade die Zubereitung von Pfannkuchen, Wraps und Crêpes bei. Kiki Cool. Totales Glück, dass sie mit mir befreundet sein wollte.

Sie kniff die Augen zusammen und betrachtete meine Fersen. Dann malte sie mir kleine Smileys auf die Zehen.

„Guck mal. Willst du Blau für den anderen Fuß? Oder Grün? Und danach kommt deine Hornhaut dran. Übrigens, ich gehe vielleicht nicht weg zum Studieren. Kann sein, dass ich hierbleibe."

Ich hatte das schon mal gehört, aber irgendwie nahm es Gestalt an. „Machst du das wegen Halim?"

„Auch. Er hat noch ein Jahr Schule und außerdem muss er in der Stadt bleiben. Aber ich denke, dass ich erstmal eine Ausbildung mache. Ich weiß auch nicht, was ich studieren soll. Vielleicht mache ich Physio- oder Ergotherapie." Sie nahm sich das hellgrüne Fläschchen und bestrich meinen kleinen Zeh. „Aber vielleicht – ich meine, ich freue mich, mit Halim zusammenzuziehen. Aber vielleicht verpasse ich auch was, weil ich nicht wegziehe und wie die anderen in Wohnheimen oder coolen WGs lebe. Vielleicht ist es blöd. Ich hätte nie gedacht, dass ich wegen eines Jungen meine Pläne ändere. Slash wird versuchen, es mir auszureden."

„Mal nicht alle Nägel grün. Lieber noch blau. Das helle Blau. Aber auch wenn du mit Halim wohnst, kannst du immer noch studieren. Oder wegziehen."

Wir schwiegen und sie bestrich meine Nägel.

„Und klar, Slash wird es dir ausreden wollen. Er ist auf Anti-Beziehung, seit Burak ihn ignoriert. Und deine Eltern?"

Sie stöhnte auf und begann meine Ferse abzufeilen.

„Keine Ahnung. Oder doch. Sie werden ausflippen. Und sich überlegen, was schlimmer ist. Halim oder eine Ausbildung. Du hast doch alle Möglichkeiten, Ricarda", ahmte sie die Stimme ihrer Mutter nach. „Du bist so jung. Sooo jung."

„Bleib noch. Wir gucken einen Film. Genug jetzt." Ich zog meinen Fuß weg.

Kiki angelte nach der Kiste unter dem Bett.

„Hey, H2O, lass uns was aus der ersten Staffel gucken! Weißt du noch, dass wir im Bad immer getaucht sind und versucht haben, wie die Meerjungfrauen zu schwimmen?"

„Ja. Und du wolltest immer Emma sein, weil die so hübsch war."

Ich warf ein Kissen nach ihr.

„Und du Ricci. Weil es sich auf Kiki reimt."

Wir lachten und legten die Kassette ein. Die Musik lullte uns ein und einen Moment fühlte es sich an, als wären wir zwölf und hätten uns gerade frisch angefreundet.

In der Schule bekamen wir die letzten Noten. Und die Anspannung stieg. Mein Magen war inzwischen ein harter Tennisball. Sogar in der Umkleide vor der Sporthalle war der Druck spürbar.

Mia, die ich aus Erdkunde kannte, weinte, weil sie in Chemie eine Drei als Vorzensur hatte.

„Ich brauche gar kein Abi machen. Wenn du keinen Einser-Schnitt hast, kannst du es vergessen. In fast allen Fächern gibt es einen Numerus Clausus."

„He, das stimmt doch nicht", beruhigte Kiki sie.

Mia weinte und schüttelte Kikis Arm ab.

„Klar stimmt das. Selbst für das Grundschulstudium brauchst du Supernoten. Sogar für Musik und Sachkunde. Und gleich kriegen wir die Sportnote. Sollte nicht wenigstens Sport Spaß machen?" Sie schnäuzte sich laut in ihr Taschentuch.

„Sport macht doch Spaß", sagte ich, aber es klang lahm. Was machte denn daran Spaß, in Volleyball zehn Bälle über das Netz zu pritschen und den vorgegebenen Punkt auf dem Feld zu treffen? Nicht lustig, wenn der Abstand zu dem Punkt gemessen und bewertet wird und sich daraus die Quartalsnote ergibt. Wir lebten wie Zootiere. Die meisten lernten die ganze Woche und soffen am Freitagabend. Die Jungen tranken meist noch am Samstag, wenn sie sich zu PC-Spielen trafen. Und das Beste war, dass überall gesagt wurde, dass unsere Bildung immer mehr abstürzte und wir definitiv weniger wüssten und könnten als unsere Mitschüler vor zehn Jahren. Konnte gut sein, aber der Druck war definitiv höher. Ich hatte Sport nur als Zusatzfach. Wenn es heute nicht lief, würde die Note mit absoluter Sicherheit nicht auf meinem Zeugnis erscheinen und den Schnitt versauen.

„Kommt schon, das wird klappen“, sagte Kiki, obwohl sie von uns dreien die schlechteste Trefferquote erwartete. Sie trug extra ein neongrünes Tanzoutfit, um den Sportlehrer zu irritieren.

Ich gab Mia mein Stirnband, weil sie ihre Zopfgummis nicht finden konnte.

„Danke, sehe ich verheult aus?“, fragte sie.

„Nein, alles okay.“ Ich zog sie in Richtung Halle.

Kiki drückte meinen Arm. „Die letzte Note. Endlich sind wir durch, durch diesen ganzen Quatsch. Wir treffen uns gleich bei Giovanni. Die Jungs warten schon auf uns.“

Die Motto-Tage an unserer Schule waren wohl die gleichen wie überall im Land. Kiki freute sich allerdings schon seit einem halben Jahr darauf. Sie war schon früher immer verrückt nach Verkleiden und Halloween gewesen und hatte ihre Mutter angebettelt, bis sie ihr ein Kostüm mit schwarzen Tüllrüschen und dunkelroten Plüschbändern, die wie altes Blut aussahen, geschneidert hatte. Sie redete davon, sich mit ihrem Freund im Partnerlook zu verkleiden. Halim konnte das nicht verstehen, aber er ging ja auch nicht auf unsere Schule. Kiki konnte wenigstens Slash überreden, beim berühmten Personentag als Paar mitzumachen. Er kam ihr entgegen, weil sie sich über das Wohnen mit Partner gestritten hatten und er ihr gesagt hatte, dass es furchtbar sei, dass sie mit neunzehn schon so eine alte Tante sei. Also gingen sie tatsächlich als Bunny und Supermöhre und waren das meistfotografierte Paar des Tages. Kiki war das süßeste Bunny ever. Sie trug weiche lange Ohren und einen aufgeklebten Überbiss. Eigentlich waren es Vampirzähne, aber sie hatte die Ecken abgeschnitten.

Kindheit, Hippies, berühmte Personen und natürlich das beliebte „Bad Taste", wo alle wie Nutten und Zuhälter aussahen und kaum jemand wirklich Mut zur Hässlichkeit hatte. Nur Eve hatte einen alten Strickpullover und die Riesenunterhose ihrer Oma über fleischfarbene Leggings gezogen. Und Simon kam in den Klamotten seines älteren Bruders, der fünfzehn Zentimeter kleiner war. Er sah zwar hässlich, aber auch süß aus in dem karierten Hemd mit den kurzen Ärmeln, das am Bauch spannte.

Nach der Schule gab es irgendwo im Park oder im Keller von jemandem etwas zu trinken. Und die Ersten fingen schon jetzt an mit ihrem nostalgischen Gejammer: „Das war das letzte Mal, dass ich im Flur gegen die Türen geschlagen habe." „Das war der letzte

Cafeteria-Hamburger." „Das war das letzte Mal, dass ich Bentrup meckern gehört habe."

Ob das an der Uni auch so weitergehen würde? Wir hatten alle die gleichen Fächer, schrieben die gleichen Arbeiten, hatten die gleichen Mottopartys. Ziemlich kleine Welt. Selbst der Müsliriegel war aus dem gleichen Bioladen wie der von Kiki.

Abends um elf vibrierte mein Handy. „Stehe vor deiner Tür", schrieb Kiki.

Ich lief nach unten. Sie war völlig verweint und ich nahm sie mit in die Küche.

„Sie … sie sind so … Ich hasse sie. Sie sind …" Sie schluchzte.

„Deine Eltern? Hattet ihr Streit?"

„Ich geh nicht nach Hause. Dora, kann ich bei dir schlafen?"

„Klar, aber jetzt mach ich dir erstmal Tee."

Ich setzte die Jamal-Nachtmischung auf und Lotta legte ihren Kopf auf Kikis Knie und die Tränen versickerten in dem hellen Fell.

„Ich habe ihnen gesagt, dass ich im Herbst nicht studieren will. Sie hörten gar nicht zu. Noch bevor ich erklären konnte, dass ich eine Ausbildung machen will, haben sie schon losgezetert, dass das nur an Halim läge. Und dass sie gewusst hätten, dass die Beziehung nichts taugt. Sie haben tatsächlich gesagt „taugt", wie bei einem Rasenmäher. Jedenfalls hat nur Halim Schuld und sie wollen nicht, dass er noch zu uns ins Haus kommt. Und ich sollte mir überlegen, ob ich wegen einem Mann meine ganze Zukunft wegwerfen will. Und …" Sie redete immer schneller.

Ich nahm ihre Hand. „Kiki, trink mal was. Alles wird gut."

Sie streichelte Lotta, die leise fiepte, und sah mich an.

„Ich konnte nur noch Ergotherapie sagen, aber das hat sie überhaupt nicht interessiert. Sie haben nicht nachgefragt. Als wenn die Beziehung mit einem arabischen Mann sowieso nur in eine miese, fiese unglückliche Ehe ohne Sonnenschein führen würde. Dabei weiß ich wirklich nicht, was ich studieren soll. Halim ist der Einzige, mit dem ich überhaupt über Berufe reden kann."

Ich nahm sie in den Arm und sie weinte noch eine Weile, bevor sie sich energisch schnäuzte. Ihre Eltern kannten Halim doch gar nicht. Bestimmt wussten sie nicht, dass, als Kiki Magen und Darm hatte, er es gewesen war, der ihr Wärmflaschen und Tee gebracht hatte.

„Egal. Sie sind so fies. Ich schlafe heute hier."

„Die denken bestimmt, dass du bei Halim bist."

„Geschieht ihnen recht. Hoffentlich machen sie sich Sorgen, dass wir Hals über Kopf heiraten und ich im Herbst das erste Kind kriege."

Wir lachten.

„Ach, Quatsch. Ich schreib ihnen. Nicht wegen ihnen. Aber ich will nicht, dass sie zu Halim fahren und er sich diesen Scheiß auch noch anhören muss. Vielleicht wissen sie, wo er wohnt. Meine Mutter hat Stalker-Village auf ihrem Handy. Ich muss ihn kurz vorwarnen."

„Okay, ich mache schon mal dein Bett. Denk dran, das Gitter zu schließen. Lotta soll nicht nach oben."

Der letzte Motto-Tag war vermutlich in ganz Deutschland ein Ball oder eine Party. Jedenfalls saßen im Bus schon viele, die aussahen, als wollten sie in die Nacht starten. Ich hatte mir von meiner Mutter ein langes fliederfarbenes Kleid geliehen, allerdings sah es ohne Arme und mit dem Mantel drüber nicht ganz so glamourös aus. Ich sah eher wie eine Vogelscheuche aus, die vom letzten Karnevalsumzug übriggeblieben war. Wir reihten uns in immer neuen Gruppierungen im Flur auf und schickten uns den ganzen Morgen Fotos. Unser Streich war super. Janus hatte aus der Werkstatt seiner Mutter einen alten Golf organisiert, mit dem wir die Eingangstür blockierten. Er war gefüllt mit billigen Bonbons und alle mussten raten, wie viele Bonbons darin waren. Und man konnte ein Los kaufen, mit dem man den Golf für einen Sommer gewinnen konnte. Alle, wirklich alle lutschten Brause und Toffees. Es war der Dicke-Backen-Tag und wir nahmen dreihundertsiebzehn Euro ein.

Auf dem Rückweg kaufte ich zur Feier des Tages Erdbeeren. Sie sahen toll aus, aber hatten kein Aroma und waren innen hohl. Jamal und Tim saßen in der Küche und ihnen fielen die Augen aus dem Kopf, als sie die riesigen Früchte sahen.

„Wartet. So schmecken sie nicht."

Ich stellte Nutella und Ahornsirup auf den Tisch und sie füllten damit die Früchte und machten eine große Sauerei. Jamal lachte, als ihm der Saft über das Kinn lief, und Tim schoss ein Handyfoto.

„Lasst noch ein paar übrig, gleich kommt Simon."

„Simon, super, kommt Slash auch?"

Tim fand Simon und Slash toll. Er lief immer hinter ihnen her und war begeistert, wenn sie mit ihm ein paar Körbe warfen. Der Freund von Marle dagegen war unsportlich und hatte früher immer seine Gitarre oder Bücher mitgebracht, und Tim war diesem „langweiligen Knutschkopf" aus dem Weg gegangen.

Bei jedem anderen hätte Tim weitergegessen, aber für seinen Handballvorbildkumpel ließ er einige übrig. Er überredete Jamal, ihm beim Training zuzugucken, und die beiden zogen ab. Als Simon kam, füllten wir die restlichen Früchte mit Schokolikör, meine Idee, und zogen unsere T-Shirts aus, seine Idee, um uns nicht zu bekleckern. Ich fühlte mich wie in den Filmen, wo sich die Paare zum Vorspiel füttern, aber es machte Spaß, mit ihm in der Küche zu albern, zu knutschen und zu wissen, dass wir das Haus für uns hatten. Und weil wir so klebrig waren, gingen wir zusammen duschen. Unsere Idee.

4

Osterferien. Marlena reiste an, wir suchten halbherzig Eier und fuhren zu den anderen Großeltern. Ich mochte sie, aber seit mein Großvater einen Schlaganfall hatte, war es irgendwie anders. Wir konnten ihn schlecht verstehen und meine Oma übersetzte. Früher waren wir immer mit ihm losgezogen und am Fluss entlanggelaufen, und er hatte uns erzählt, dass er dort schon mit sechzehn alleine gerudert war.

Alles blieb halbherzig. Es war wie immer und doch nicht wie früher. Es fühlte sich nicht an wie Ferien, es war die Frist vor den Prüfungen.

Und Simon fuhr mit seinem Vater nach Nordfrankreich. Abends rief er mich an und erzählte mir, dass Lille so richtig cool sei. Total viele Studis und jeden Abend Party auf der Straße. Ich versuchte, mein Handy zwischen Ohr und Schulter einzuklemmen, aber es rutschte immer wieder runter. Also hörte ich auf, meine Notizen zu stapeln, und legte mich aufs Bett.

„Aber ich vermisse dich so. Mach Skype an.“ Ich konnte hören, dass er lächelte. Er lief wegen mir noch mal auf die Straße, um mir den Platz und die Pubs zu zeigen. Danach, als auch er auf dem Bett lag, redeten wir noch eine Stunde.

„Bring mir Lakritz mit."

„Ich würde mich nicht ohne zurücktrauen. Schlaf schön."

„Dann leg auf."

„Du legst auf."

„Bei drei legen wir beide auf", sagte ich, blieb aber am Apparat. Genau wie Simon.

Wir lachten.

„Schlaf schön, Dora."

„Du auch. Schlaf schön." Ich stand noch mal kurz auf und holte sein T-Shirt aus dem Sessel, das er letztes Mal vergessen hatte. Es war ganz weich vom vielen Waschen und ich zog es an. Es roch nach ihm und es war, als würde er im Bett dicht hinter mir liegen.

Richtig gut war nur, dass Marlena noch da war.

„Warum musst du schon wieder fahren? Marle, bleib doch noch eine Woche." Wir lagen auf meinem Bett und sie fing an, meine Füße zu massieren.

„Du weißt doch, dass ich zur Uni muss. Aber du schaffst das. Guck dich doch um."

Das Zimmer war übersät mit Büchern und Zetteln.

„Und die Hälfte davon steckt schon in deinem Hirn. Du bist super vorbereitet."

Ich fühlte mich zwar oft unsichtbar und jünger, aber immer sicher, wenn Marlena da war und ihre Meinung zu allem kundtat. Ich guckte sie an, ob sie das nur zum Trost sagte, aber da war kein Zweifel in ihrem Gesicht. Anders als bei Mama, die auch sagte, dass ich alles schaffte, die aber selber mitfieberte und nervös war. Und warum ist man nervös, wenn man doch jedes Zutrauen hat?

Je näher die Abi-Klausuren kamen, desto angespannter wurden wir. Simon verkündete jeden Tag, dass ihm die Arbeiten egal seien. Es war wie beim Zahnarztbesuch: Es sollte jetzt sein, damit es endlich vorbei war. Die Lehrer hatten uns abgeraten, Tabletten zu nehmen, und so hatte ich vor der Geschichtsklausur kaum geschlafen. Auf dem Gang war die Stimmung auf dem Siedepunkt. Kiki bekam hektische rote Flecken.

Im Prüfungsraum hielt der Konrektor seine Ansprache: „Wer sich krank fühlt, soll jetzt zum Arzt gehen. Rückwirkend zählt kein Attest. Wer schummelt, ist raus. Zu jeder Pause müssen Sie sich abmelden. Nur die ausgeteilten Blätter dürfen verwendet werden. Smartphones müssen abgegeben werden."

Endlich der Aufgabenzettel. Ja – das konnte ich. Vergleichen … interpretieren … ich schrieb und schrieb. Ich kam super mit der Zeit hin und hatte noch zwanzig Minuten, mir alles gründlich durchzulesen. Erleichtert gab ich ab.

Unten im Foyer warteten die anderen und verglichen die Aufgaben. Annika erzählte, was sie bei 2b) geschrieben hatte. 2b)? Nein. Das durfte nicht sein! Ich musste aufwachen aus diesem Alptraum. Dann kam Frau Schröder vorbei und sah mich an. Irgendwie mitleidig. Und da wusste ich, dass es stimmte. Ich hatte den zweiten Teil der letzten Aufgabe nicht. Übersehen. Es hätte die perfekte Arbeit sein können. Ich … meine Schuld. Ich hatte die Aufgabe nicht sorgfältig gelesen. Die Aufgabenzettel, ich hätte … hätte, hätte, Fahrradkette. Alles versaut. Meine Beine fingen an zu zittern, und ich ging schnell zum Klo. Keiner da. Nichts, nichts wird so laufen, wie ich es geplant hatte. Die erste Arbeit, und ich hatte sie vermasselt. Mein Herz pumpte und meine Beine bewegten sich. Trotzdem war alles taub. Ich ließ mir Wasser über Hände und Gesicht laufen. Was nutzte es, alles gewusst zu haben? Es hätte eine Eins werden können oder eine Eins plus. Was nutzte es, den Kopf zu haben, aber nicht die Nerven? Alles vermasselt, ich hatte es vermasselt.

Vor der Schule war es ruhig, aber Simon stand an der Bushalte und wartete. „Was ist los? Wie war Geschichte?"

„Geht."

„Geht? Dora?" Simon sah mich an, aber zum Glück kam der Bus und ich stieg schnell ein.

Irgendwie musste ich es in mein Zimmer schaffen, in mein Bett. Und erst da kamen die Tränen. Es war kein Alptraum. Es war ein lebender Alptraum. Ich weinte und weinte. Die erste Klausur gleich in den Sand gesetzt. Ich versuchte mich an das Bewertungsschema zu erinnern. Selbst wenn alles andere hundert Prozent bringen würde, könnte ich bestenfalls eine

Drei plus haben. Alle würden enttäuscht sein. Alle dachten, dass Geschichte mein bestes Fach ist. Ich guckte auf mein Handy – Simon viermal und der ganze Stufenchat, der voller Abi-Kram war. Ich schaltete es sofort aus.

Es klopfte leise an der Tür. „Dora?" Jamal kam einen Schritt herein. Ich tat so, als würde ich tief und schwer atmen. Ich glaubte nicht, dass er mir das abkaufte, aber da ich nicht antwortete, zog er sich wieder zurück. Ich weinte und schlief irgendwann ein und erwachte erst, als es draußen schon dunkel war.

Unten in der Küche klapperte Geschirr und ich lief die Treppe hinunter.

„Ich habe die Klausur nicht geschafft", sagte ich.

Meine Mutter kam zur Treppe und ihre Hände waren voller Mehl. Sie umarmte mich lange und fest. „Ist das sicher? Das tut mir so leid."

Ich schluckte krampfhaft, um die Tränen zurückzuhalten. „Schssst – alles wird wieder gut." Als ich sie anguckte, rollten mir die Tränen übers Gesicht. So schnell, wie sie fielen, so schnell wischte Mama sie weg. Das nutzte nicht viel, weil auch sie anfing zu weinen. Lotta fiepte und leckte mir die Füße.

Die nächsten Tage verbrachte meine Mutter fast die ganze Zeit in der Küche. Sie kochte Tee und backte Kekse und es gab andauernd frischgepressten Saft und flüchtige Umarmungen. Sie fragte abwechselnd mich in Bio ab und Jamal für die Anhörung. Ich fragte mich, warum man das überhaupt üben musste. Mama fragte ihn nach seiner Heimatadresse, Aufenthalt der Restfamilie und wann er seinen Pass verloren hatte. Das war wichtig, denn wenn man später Gründe nachreicht, muss das Bundesamt sie nicht berücksichtigen, erklärte sie. Sie arbeitete scheinbar weniger im Dentallabor, jedenfalls war sie viel zu Hause und zog das gesamte Mutterrepertoire ab. Wenn sie zur Arbeit musste, überprüfte sie unsere Wecker und stellte uns Becher und Teller auf den Tisch. Sie fand innerhalb von fünf Sekunden meine Klamotten, nachdem ich zehn Minuten lang mein Zimmer durchforstet hatte, und brachte uns zur Tür, nicht ohne uns Müsliriegel, Regenschirme oder Jacken mitzugeben. Ich fühlte mich, als sei ich lange krank gewesen und würde wieder auf die Beine gebracht. Ich glaube, Jamal ging es nicht anders. Er sah so aus, wie ich mich fühlte. Mit den Augenringen wirkte er wie ein trauriger Koala. Seit er seinen Termin wusste, saß er oft abends spät mit Mama in der Küche. Manchmal weinte er, vermutlich, weil die Mutternummer weltweit gleich ist. Abends, wenn sie ins Bett ging, blieb sie jedes Mal kurz vor unseren Zimmertüren stehen, damit wir wussten, dass sie da war.

Englisch kam als zweites Fach. Wir saßen alle in einem Raum, und wenn ich aufguckte, sah ich meine Freunde. Wenn ich Kikis oder Simons Blick auffing, grinsten sie und machten ein Daumen-hoch-Zeichen. Slash summte das Pippi-Langstrumpf-Lied, nur weil ich einmal nicht schrieb und aus dem Fenster guckte. Alles war gut.

Wir warteten draußen aufeinander und gingen noch zu Schulzis auf einen Kaffee. Ich kuschelte mich an Simon, der nach Rasierwasser und Schweiß roch. Das Beste an Jungen war, dass sie nicht immer quatschen mussten. Er zog mich an sich und ich vergrub meine Nase in seinen Sweater. Kiki und Slash holten Kaffee und Donuts. Und Kiki grinste mich an und reichte mir den Becher, als wäre ein Zaubertrank darin und nicht der Blümchenkaffee, für den Schulzis berühmt ist. Weil ich am Abend vorher noch Baldrian und Passionsblumen genommen hatte, fühlte ich mich schläfrig. Kiki brachte mich nach Hause und wir legten uns in mein schmales Bett, wo wir zwei Stunden schliefen, bis Tim reinpolterte.

„Mama hat gekocht. Und ich soll fragen, ob du oder ihr …“, er sah Kiki an, „also, ob ihr okay seid?“

„Sind wir. Wir kommen gleich runter.“

Ich zog Kiki hoch. „Tut mir leid, dass ich so nerve. Alle anderen Mädchen kriegen es gut hin.“

„Nur das nervt. Hör auf mit dem ‚alle anderen Mädchen´. Diese tausend Einheitsmädchen gibt es nur in deinem Kopf. Jede ist doch anders. Und du bist halt gestresst vor Prüfungen“, gähnte sie.

„Übrigens, ich habe mich mit Halim für einen Kochkurs angemeldet. Es gibt da diesen Superkoch aus Kroatien, der einen Wochenendworkshop gibt – die

Kurse sind total beliebt, aber wir sind reingekommen. Sag was! Findest du das lahm?“

„Hör du auf, mich das immer zu fragen. Deine Beziehung ist nicht lahm. Und nur weil du gerne kochst, fällst du nicht gleich in die fünfziger Jahre. Außerdem kocht ihr zusammen. Lad mich zum Essen ein, okay?“

„Okay. Übrigens noch was. Halims Eltern sind jetzt in der Türkei. Sie sollen im September kommen. Aber die Mutter will nicht, glaubt Halim. Und er hat ihr von uns erzählt. Und sie hat geweint.“

„Geweint? Wegen dir?“

„Ja, weil das der Preis für die Flucht ist. Dass ihr ältester Sohn eine Ungläubige hat. Und sie hatten schon eine Frau für ihn ausgesucht. Sie betet zweimal am Tag für ihn. Oder gegen mich. Ich bin der Weg der Verdammnis.“

Bei Verdammnis dachte ich eher an eine Verführerin mit High Heels und Push-up-BH und nicht an Kiki, die wie eine Praktikantin im Kindergarten aussah.

„Und Halim?“

„Sag es nicht weiter, und er würde es auch nicht zugeben. Aber ehrlich gesagt, ich denke, dass er froh ist, dass sie nicht hier sind. Also, er will sie in Sicherheit wissen und auch, dass sie glücklich sind. Aber er will nicht mit ihnen zusammenwohnen. Und das würden sie erwarten.“

„Ja, wahrscheinlich.“

„Ohne Ehefrau muss er bei den Eltern wohnen. Aber er hat sich verändert. Schließlich ist er schon zweieinhalb Jahre hier. Weißt du, dass einer seiner Freunde mit seiner Familie einen Imbiss aufgemacht hat? Hinten in der Schumannstraße. Der Laden läuft, wir müssen da mal hingehen. Sie sind syrische Christen, aber das dürfen die anderen Geflüchteten nicht wissen, sonst würden sie nicht dort essen. Halim hilft manchmal in der Küche und gibt ihnen Tipps, wie sie sich als Muslime tarnen können. Auch seine Eltern dürfen so etwas nicht erfahren. Ich denke, dass sie so einiges nicht wissen dürfen."

Eltern. Es gab mir einen Stich, wenn ich daran dachte, dass meine Eltern ihren Freunden erzählten, dass ich nächsten Jahr noch wohnen bliebe, um ein Praktikum zu absolvieren.

Ich hörte Mama in der Küche klappern und wusste, dass sie gerade frischen Saft und mein Lieblingsessen Kartoffelgratin mit Salat auf den Tisch stellte. Eltern.

Zwei Tage später, am Donnerstag um 10.15 Uhr, hatte Jamal sein Interview. Die bebrillte Betreuerin und ein Dolmetscher waren ebenfalls zur Anhörung vorgeladen. Meine Mutter hatte sich erkundigt, ob weitere Personen dabei sein dürften, und sich entschieden zu kommen.

Die Morgen war typisch für die letzten Wochen. Nur Tim frühstückte, wir anderen kauten an etwas herum und meine Eltern tranken viel Kaffee. Ich war mit aufgestanden, um Jamal das Gefühl zu geben, dass es für uns wichtig war.

Der Termin dauerte ewig. Erst kurz vor zwei fuhr das Auto vor. Jamal ging erstmal in sein Zimmer, um zu telefonieren. Mama erzählte, dass er zwischendurch wütend geworden sei. Er musste viele Auskünfte geben. Über sein Dorf, seine Familie, das Land und besonders über den Fluchtweg. Der Dolmetscher übersetzte, damit sichergestellt war, dass Jamal alle Fragen verstanden hatte. Und der war wütend, weil immer die gleichen Fragen noch mal gestellt wurden. „Was arbeitet Ihr Vater?", „Hat Ihr Vater eine Arbeit?", „Arbeitet Ihr Vater im Dorf?", „Wer bedroht die Familie?", „Warum können Sie nicht mehr in Ihrem Dorf leben?" Meine Mutter meinte, dass sie so Widersprüche aufdecken und Lügen entlarven wollten.

Aber auch sie war zwischendurch wütend, weil es für Jamal eine Quälerei war, so ausführlich von der Flucht zu berichten. Als er erzählte, dass er nicht wusste, wie viele Tage er in einem Keller versteckt wurde ohne Licht und ohne Essen, und das Kellerland nicht benennen konnte, sei seine Stimme umgekippt und sie hätte am liebsten eingegriffen. Aber sie durfte nichts sagen, sondern nur um eine Pause bitten. Im Flur hatte Jamal geweint. Und außerdem hatte sie vorher nicht gewusst, dass gleich in der ersten Woche der Flucht in Afghanistan zwei Kinder aus der Gruppe erfroren waren.

Die Betreuerin versicherte ihnen nachher, dass es ein typisches Interview war und dass es ihrer Einschätzung nach gut gelaufen war. Lebensecht, nicht wie auswendig gelernt, schnaubte meine Mutter. „Das ganze Elend – es war lebensecht." Aber trotzdem fand ich es gut, dass Jamal eine richtig gute Chance hatte zu bleiben.

Am nächsten Tag schien wie zur Belohnung die Sonne und es war warm. Ich ging ohne Lotta in den Park und nahm mein Biobuch mit. Noch eine Klausur. Nur noch eine. Ich rechnete mir aus, wie viele Notenpunkte jetzt schon feststanden, und kam auf 72 Prozent. Das war gut. Eine Klausur und eine Prüfung noch. Gut, das war gut. Ich schickte Simon eine Nachricht und er kam mit Schokocroissants und Limo in den Park. Wir saßen faul auf der Bank und ließen uns von der Sonne bescheinen.

„Soll ich dich abhören?" Er nahm das Buch in die Hand. Er musste selbst noch für seinen Grundkurs arbeiten, und es war süß, dass er mir Hilfe anbot.

„Gleich."

Ich guckte in die frischen Grüntöne der Bäume und beobachtete die Vögel, die munter hin und her sausten.

„Vielleicht gleich." Ich legte meinen Kopf auf Simons Schoß und er gab mir einen Ohrstecker, damit wir zusammen Musik hören konnten. Sacht klopfte er den Rhythmus auf meinen Oberschenkel. Ich zog ihn zu mir, um ihn zu küssen.

Abends ging ich noch bei Slash vorbei und wir machten etwas für die Grundkursklausur Bio, aber er war schlecht drauf und arbeitete langsam.

„Burak hat eine Freundin!"

„Echt jetzt?"

Slash klappte das Buch zu und warf es gegen die Wand.

„Ja. Erst lässt er sich von den kleinen Mädchen aus der Zehn anhimmeln und macht einen auf Macho und jetzt hat er sich entschieden."

„Hast du sie gesehen? Kennst du sie?"

„Ja, ich habe sie gesehen. Sie ist nicht auf unserer Schule."

„Tut mir leid. Aber vielleicht hast du dich geirrt. Vielleicht ist er bi."

„Oder vielleicht ist er feige. Verdammt, er hat mich geküsst im Auto! Er hat mich angegraben. Und jetzt kann er nicht mal im gleichen Raum mit mir sein."

„Slash, aber seine Eltern machen ihm bestimmt Druck, wenn sie das rauskriegen."

„Klar. Aber meine sind begeistert. Ein schwuler Sohn mit einem türkischen Freund. Sie springen bestimmt in die Luft, wo mein Alter so ein Rassist ist. Und Buraks Eltern sind vielleicht begeistert, wenn ihr Sohn sich so einen blassen Goldfisch an Land zieht."

Früher hatte Slash immer Tennis mit seinem Vater gespielt oder sie waren Ski fahren. Aber irgendwas hatte sich geändert und je weniger sie zusammen machten, desto pompöser wurden die Berufsbezeichnungen.

Als Slash klein war, arbeitete sein Vater und war ein guter Arzt. Dann ein sehr guter Arzt und nun ein erstklassiger Arzt, auf den Slash stolz sein sollte.

„Du kennst doch meinen Vater. Mein Alter kennt nur zwei Adjektive: ‚notwendig' und ‚hochkarätig'. Und Männerbeziehungen sind beides nicht."

„Tut mir leid. Burak ist ein Idiot. Er sieht nur so cool aus, aber innerlich ist er das nicht."

„Ja, Scheiße, aber wenigstens sehe ich ihn kaum noch in der Schule. Und beim Handball ist er nicht. Wahrscheinlich macht er jetzt auf Fußball, wo er doch ein richtiger Mann ist." Seine Sommersprossen stachen krass von seiner Haut ab und er bekam rote Flecken, wie immer, wenn er sich aufregte.

„Dann macht er Football oder Ringen. Slash, du weißt, dass du toll bist. Du kriegst einen tollen Mann. Besser noch, du kriegst einen Prinzen."

„Gut", knurrte Slash zufrieden.

„Gut, aber falls er noch nicht losgeritten ist und noch sein prinzliches Pferd putzt oder seine Harley poliert, machst du jetzt noch dein Abitur, damit du dich notfalls selbst versorgen kannst."

„Okay, was ist jetzt mit der Photosynthese? Oder erst Genetik?"

„Erst Genetik. Dann Kekse. Dann Photosynthese", schlug ich vor.

Was die Bioklausur anging, behielt Kiki Recht. Alles war mir egal. Ich wollte nur noch, dass es vorbei war. Es lief ganz gut. Ich las den Aufgabenzettel noch einmal genau durch, bevor ich abgab. Ich besprach kurz mit Slash die Arbeit, aber er wollte schnell weg, während ich unten auf Kiki und Simon warten wollte, die gerade Deutsch schrieben. Auf dem Flur kam mir Burak entgegen. Er ignorierte mich so konsequent, dass es nur Absicht sein konnte. Er fummelte umständlich an seiner Getränkedose, die er dann Richtung Mülleimer warf. Er verfehlte sein Ziel knapp und die Dose schepperte gegen das Metall, bevor sie zu Boden fiel. Er guckte weder mich noch die Dose an, sondern verschwand nach draußen. Verdammter Idiot.

Am Freitag nach den Prüfungen lud uns Halim zum Essen ein. Er hatte bei Kiki gekocht, weil ihre Eltern immer noch auf ihrer Messetour waren. Zwei Leute aus seiner Klasse waren auch da.

„Eigentlich essen wir auf dem Boden, aber ich bin schon verdeutscht und esse am Tisch." Es gab Basmatireis mit roten Beeren, Lammfleisch und warmes Brot. Und dazu noch bunten Salat mit Blüten darauf.

„Brauchen wir keine Messer?", fragte Simon misstrauisch.

„Nein. Wir können kochen. Bei uns muss das Fleisch zart sein. Ganz durch, dass man es mit der Gabel teilen kann."

Halim lachte. Er hatte Fatima und ihren Bruder Mehdi eingeladen, die beide mit ihm zur Schule gingen. Fatima trug ein rosa Kopftuch mit weißen Punkten und hatte superlange Wimpern. Das verstärkte noch ihr weiches Kindergesicht und ich wunderte mich, dass sie schon zwanzig war. Sie kam gerade aus dem Irak zurück, wo sie drei Wochen verbracht hatte, und machte erstmal ihrer Erleichterung Luft, wieder hier zu sein.

„Natürlich liebe ich das Essen. Meine neun Tanten kochen den ganzen Tag. Und die Sprache. Und das Licht. Das ist wunderschön. Aber ich fühle mich fremd. Und meine Tanten zerren an mir. Ich darf kaum mal bis ins Dorf. Dein Kopftuch sitzt nicht gerade, sagen sie und ziehen es mir zurecht. Nimm den schwarzen Mantel. Rede nicht so viel. Zeig mehr Respekt."

„Stimmt", sagte Mehdi, „mich lassen sie in Ruhe. Nur nicht mit Schule. Schule ist für alle wichtig. Familie macht Druck. Mein kleiner Cousin weint immer bei Hausaufgaben. Familien wollen Universität. Auch die vom Land und arme Familien."

Halim lachte. „Genau, und Medizin ist das Größte. Wir sollen alle Mediziner werden."

Kiki stieß ihn an. „Wie bei uns auch."

„Ja, aber für uns gibt es nur Familie und Glaube und Schule. Das ist immer das Wichtigste."

Simon grinste mich an. Ich musste an Tim denken und konnte mir überhaupt nicht vorstellen, dass Familie und Religion es in die Top Five von Jugendlichen schafften. Die Religion hieß Versandhandel, und ihr Glaubensbekenntnis hieß Ich-Mir-Mich.

Fatima reichte die Sesamkringel herum, die sie mitgebracht hatte. „Hier, probiert mal, frische Simits. In Deutschland ist es für mich einfacher. Mehdi darf mehr und mein Vater sagt mir auch, dass ich nicht immer Fragen stellen und Respekt zeigen soll. Aber er lässt mich auf der Schule und unterstützt mich. Ich will Augenärztin werden. Oder wenn das nicht geht, Optikerin." Fatima sah Kiki an. „Wissen deine Eltern, dass wir hier sind?"

„Sie wissen, dass Freunde kommen, auch wenn sie verreist sind."

„Aber sie denken, dass es Leute aus der Schule sind", warf Simon ein.

„Es sind Leute aus der Schule. Wir teilen die Sporthalle und die Bushalte", erwiderte Kiki scharf.

„Wollen deine Eltern nicht, dass du Halim triffst?", fragte Fatima.

„Nein."

Fatima kicherte. „Meine Eltern dürfen auch nicht wissen, dass wir hier sind. Sie denken, wir lernen für die Schule."

Wie Jamal tranken Fatima und Mehdi Tee aus dem Glas und ganz undeutsch ließen sie den Löffel beim Trinken darin. Mir fiel auf, wie gut sich Halim in der Küche auskannte. Er brachte einen fehlenden Löffel und wusste, wo der Zucker stand.

Simon nahm sich eine zweite Portion.

„Gut, dass nicht Ramadan ist, dann könnten wir nicht so gut essen."

„Du hast keine Ahnung. Im Ramadan wird den ganzen Tag gekocht. Die Familien laden sich abwechselnd ein. Und in den Imbissen ist Hochbetrieb. Da holen wir abends das Essen und fahren in den Park und machen ein Familienpicknick.“ Halim zeigte uns Fotos auf dem Handy. Eine riesige Traube Menschen saß auf einem Rasen und aß.

„Das war vor fünf Jahren. Aber jetzt. Ein Onkel ist tot und der andere …“, er zeigte auf einen Mann, „… gehbehindert. Sie haben ihm den Fuß zertrümmert und er kann nicht mehr darauf stehen.“

„Ist das eine Geburtstagsfeier?“, fragte Slash.

„Nein. Nur Treffen. Am Geburtstag und bei Hochzeiten sind viel mehr Leute. Anders als hier. Immer wird viel für Feste vorbereitet und über Feste geredet. Feiertage und Hochzeit sind wichtig. Man spricht mehr über Hochzeit als über Bomben oder Politik. Alle reden über Feiern. Ich weiß, welches Kleid und Essen bei Hochzeit von meiner Oma.“

„Echt?“ Ich wusste nur, dass meine Oma in einer Stadt am Rhein ganz schnell geheiratet hatte.

Simon nahm unterm Tisch meine Hand.

„Ehrlich gesagt, finde ich so viel Familie nervig. Ich mache lieber was mit Freunden“, sagte er und biss in sein Simit.

„Ja, ich auch, aber weißt du, mit den Familien ist es auch gut. Und wenn Krieg ist, macht man noch mehr mit Familie. Man hat wenig Kontakt. Auch zu Nachbarn. Aus Angst vor Verrat. Und hier auch gut. Du kannst immer um Hilfe fragen. Nachts vom Bahnhof abholen. Oder wenn einer krank ist, geht ein Cousin zu seiner Arbeit. Du kannst immer fragen. Kein Problem. Wenn Familie groß ist, hast du nie Problem", sagte Mehdi.

Fatima nickte. „Stimmt. Aber bei den Feiern, alle reden am Tisch. Laut. Ganz anders als hier. Hier ist es beim Essen leise. Und weniger Leute. Alle können etwas sagen. Auch die jungen Frauen. Alle hören mehr zu. Das gefällt mir besser."

„Wahrscheinlich ist es für die Frauen besser. Die haben mehr Freiheit. Hier wir sind viele Männer. Und es gibt Vergewaltiger und Diebe. Deshalb gibt es Vorurteile. Aber über uns und wenn wir hier studieren, wird nicht berichtet in Zeitungen. Mehr über die anderen. Obwohl die wenig sind", ergänzte Mehdi.

„Hast du eigentlich bald dein Asylverfahren?", fragte ich Halim.

„Nein, die meisten aus Syrien haben subsidiären Schutz, das heißt, ich muss jedes halbe Jahr einen neuen Antrag stellen."

„Nachtisch! Tada!" Kiki stellte zwei Platten auf den Tisch. Es gab Eis, Obst und Blätterteigröllchen.

5

Obwohl die mündlichen Prüfungen noch kamen, fühlte es sich schon an wie Ferien. Niemand hatte Lust, sich noch einen Kopf zu machen. Kim erzählte jedem, welches Tattoo sie sich stechen lassen wollte. Einen Adler, weil sie endlich frei war, oder eine Rose, weil sie nun mal ein Mädchen war. Sie ließ sich von den Jungen Tipps geben, welches Körperteil sie tätowieren sollte, und schlug mit einer Zeitschrift nach ihnen, wenn sie auf ihren Hintern zeigten.

Wir vertrödelten die Zeit im Bad und hingen bei Slash ab. Wir lernten, aber dann ließen wir uns wieder ablenken und redeten über Unis und Urlaub. Viele wollten jobben und dann reisen. Die meisten wollten eigentlich nach Australien, aber nach dem Brand lag Neuseeland vorne. Gut, dass es dort so viel Platz gab und man die Leute nicht stapeln musste.

Simon begann eine Woche später als Warenverpacker bei einem Verlag. Ich vermisste ihn. Er war abends von der ungewohnten Schufterei fertig und wir sahen uns nur kurz. Die Mittagsschicht war scheinbar noch schlimmer. Sie mussten Bücher und Kalender verpacken, und jetzt im Juni begann wegen der Schulbuchlieferungen die Hochsaison. Es gab einen Appell morgens, Arbeitsschuhe, kurze Pausen und eine Waage, durch die alle verpackten Kartons liefen. Und es gab Verwarnungen und Entlassungen, wenn die Waage zu oft Rot anzeigte.

Ich brachte ihm eine Dönertasche und Kirschen vorbei, zum Trost.

„Danke. Kirschen. Wie toll. Heute war es ätzend, ich musste zwei Kisten wieder auspacken. Vierhundert Bücher, um das eine fehlende zu finden. Eine blöde Grammatik fehlte. Und ein Erdkundeheft."

„Und?"

„Hab es gefunden. Aber dadurch war ich zu langsam. Sie haben schon drei von den Aushilfen gefeuert. Scheiße, ich weiß nicht, wie die Leute das aushalten, die da ewig arbeiten." Er aß den Döner, danach spülten wir die Kirschen ab und nahmen sie mit ins Bett.

Aber der Verlag zahlte mehr als den Mindestlohn und das hieß, dass seine Asienreise in realistisch beunruhigende Gegenwart rückte. Vielleicht sollte ich doch mit nach Bangkok fahren. Blasen an den Füßen und Rückenschmerzen brachten Simon dazu, kein Geld für den Abiball ausgeben zu wollen. Er würde den Anzug seines Bruders tragen, auch wenn Olaf fünfzehn Zentimeter kleiner war.

„Das ist doch alles Wahnsinn!", stöhnte er.

„Ist der Anzug nicht viel zu eng?" In meinen Händen sah das Ding aus wie eine traurige Krähe.

„Nein, die Jacke geht zu. Habe ich schon probiert. Und bei der Feier ziehe ich sie sowieso aus."

Mit dem Geld hatte Simon Recht. Jeder aus der Stufe sollte achtzig Euro für das Fest einbringen und die Karten für Eltern und Freunde kosteten nochmal jeweils fünfundvierzig Euro. Dazu noch dreißig Euro für die Party am letzten Schultag. Falls Geld übrigblieb, wollten die meisten noch für fünf Tage wegfahren und feiern. Und viele kauften sich neue Kleider. Kiki hatte schon zwölf Stück bestellt und wieder zurückgeschickt. Sie wollte mich überreden, in ein Outlet für Abendgarderobe zu fahren. Slashs Mutter hatte sich zum Geburtstag und zum Muttertag gewünscht, mit ihm einkaufen zu fahren und für sie beide ein passendes Outfit zu kaufen.

Und ich – ich war noch nicht beim Ich-fall-um-vor-Neid-Kleid. Denn es gab ja noch die eine Prüfung im vierten Fach und ich wurde natürlich doch noch nervös. Knirschte mit den Zähnen und mein Magen verknotete sich. Ich hasste das. Ich hasste es, auf die Bekanntgabe der Noten zu warten. Ich hasste es, dass es nicht so lief, wie ich geplant hatte. Trotz aller Anstrengungen. Ich hasste es, dass ich mich nicht darauf verlassen konnte, ruhig und konzentriert zu sein. Dass ich mich nicht auf mich verlassen konnte. Es fing wieder an. Das Riesenrad im Kopf, die Nacht drehte es sich weiter und weiter, bis ich endlich völlig fertig einschlief.

Früher hatte ich immer an den Nägeln gekaut, bis es schmerzte und blutete. Simon fand meine Dracula-Hände eklig und ich trainierte es mir ab. Er schenkte mir Lakritzschnecken, die ich abrollte und zerbiss, und in der neunten Klasse hatte das auch geholfen.

Warten. Jamal wartete auf sein Ergebnis und ich auf die Abi-Noten. Jetzt hatten wir es schon geschafft, aber es fühlte sich nicht so an, weil wir warteten und nachts in der Küche schweigend Tee tranken.

Ich ging nicht zur Party. Ich redete mir ein, auch nicht viel zu verpassen. Literweise Alkohol und die Endlosschleife des Schulgeredes. Die Prüfungen, die dämlichen Lehrer, die ungerechten Zensuren und die Pläne, Ende Juni eine Woche lang die Sau rauszulassen, sobald das Abi-Zeugnis in der Tasche war. Ich stellte mir vor, wie ich dort entweder Begeisterung heuchelte und mitmachte oder verunsichert und alleine herumstand, während Simon sich abschoss. Wenn er richtig voll war, sagte er nichts mehr. Daran merkte ich das immer, auch wenn er noch geradeaus laufen konnte. Und Kiki wäre auch nicht da.

Also schnappte ich mir Lottas Leine und ging mit ihr Gassi. Der Wind passte zu meiner Stimmung. Er heulte in den Bäumen und den Stromleitungen, und obwohl Lotta dicht neben mir lief, machte mir die dunkle Straße Angst und wir gingen schnell, um allen Gespenstern zu entkommen, die im Schatten auf uns lauerten. Und wir landeten wieder in der Küche. Bei Tee. Bei Jamal. Und warteten.

Am nächsten Abend rief Marlena an. Wahrscheinlich steckte meine Mutter dahinter. „Und denkst du nur noch an Kleider, Sommer und Reisen? Und Sex am Strand in Thailand?"

„Ich habe noch kein Kleid."

„Das ist auch nicht so wichtig, oder?"

Nein. Ich war froh, ihre Stimme zu hören. Wir redeten eine Weile, aber ich sagte ihr nicht, dass ich mir auf keinen Fall von meinen Eltern ein Dreihundert-Euro-Kleid kaufen ließ. Dieses Kleid und die passende Frisur wären auf allen Fotos und würden mich noch jahrelang daran erinnern, dass dieses Mädchen acht Wochen später ein tolles Jura-Praktikum anfangen und noch später die Praxis des Vaters übernehmen sollte.

Denn ich hatte noch niemandem gesagt, dass heute ein kleiner Briefumschlag wegen des Ökologischen Jahrs an der Nordsee gekommen war. Und obwohl Marlena mich hundertpro unterstützen würde, würde sie nicht verstehen, dass ich den Brief nicht aufmachte, um zu gucken, ob ich eine Zu- oder Absage hatte. Ich wollte das Abi erst hinter mich bringen, vorher konnte ich mir den Brief nicht angucken. Noch zwei Tage. Dann kam die mündliche Prüfung in Spanisch.

Ich hatte kaum geschlafen, und als der Wecker klingelte, blieb ich erstmal liegen, weil meine Augen verkrustet waren und mein Kopf dröhnte. Verdammt, ich wollte nicht das schwierige Kind sein. Die komplizierte Freundin. Das empfindliche Mädchen. Das hatte ich alles satt, und am liebsten würde ich irgendwo auf der anderen Seite des Mondes Käse stechen.

Meine Prüfung war um halb eins und meine Mutter brachte mich zur Schule. Simon war eine Stunde später dran und Kiki und Slash erst am nächsten Morgen. Mir war ein bisschen schlecht, als ich im Vorbereitungsraum saß, wo die Schüler der Elf Kaffee und Brötchen hingestellt hatten. Ich fragte mich, ob außer Simon noch jemand sonst essen würde. Er fing gleich an, sich vollzustopfen.

„Super, Salami und Käse! Was, ich habe noch nicht gefrühstückt? Jedenfalls nicht richtig. Und es dauert noch ewig. Willst du nicht wenigstens was trinken, Dora? Einen winzigen Schluck. Un pegueno sorbo."

Ich schüttelte den Kopf. Mein Magen war höchstens so groß wie eine Murmel. Als ich von Frau Müller-Wanisch abgeholt wurde, brachte Simon mich zur Tür. Sie führte mich den Flur runter und lächelte mich an.

„Es ist nicht so schlimm. Nimm dir Zeit, den Text zu lesen, und gleich unterhalten wir uns."

Unterhalten klang nicht so schlimm und die spanische Kurzgeschichte war einfach zu verstehen. Im Prüfungsraum saßen vier Leute, aber drei kannte ich, und als ich angefangen hatte zu sprechen, ging es ganz leicht. Sie stellten mir Zusatzfragen zum Tourismus in Barcelona und dann war es schon vorbei. Ich ging etwas auf den Schulhof. Simon durfte ich nicht treffen, weil er die gleiche Prüfung hatte. Das Ergebnis bekamen wir erst um fünf Uhr. Meine Mutter wartete schon im Auto. Ich hatte eine Zwei plus und Simon eine Drei minus, mit der er megazufrieden war. Geschafft. Wir waren tatsächlich durch. Wenn wir keine Abweichungsprüfung hatten, war es geschafft.

Am nächsten Morgen drückte ich Kiki und Slash die Daumen. Wir würden uns alle abends im Park treffen.

Zwei Tage später fuhr ich mit meinem Vater nach Darmstadt. Falls ich hier keinen Studienplatz bekam, war Darmstadt die zweitbeste Lösung. Die Uni war kleiner, wenn auch nicht viel schöner. Aber zumindest sah sie nicht wie ein Raumschiff aus, wo hinten jemand draufgefahren war. Während ich mit Mama meist Radio hörte und oder redete, war mein Vater ruhig. Früher spielten wir oft das Hauptstadtspiel, wenn wir mal alleine fuhren oder Tim hinten eingeschlafen war. Wir wetteten, wer die meisten Hauptstädte der Länder wusste, und stritten uns, ob San Salvador die Stadt oder das Land bezeichnete.

In Darmstadt lud er mich zum Sushi-Essen ein. „Der Brief von Berger kommt sicher bald. Nächste Woche hast du Bescheid, wann dein Praktikum anfängt.“ Er biss herzhaft in ein Röllchen.

„Aber gleich? Ist das nicht komisch, wenn wir einfach so zu dem Dozenten gehen?“

„Nein, das ist doch keine richtige Sprechstunde. Ich komme kurz mit rein. Habe den Ferdi bestimmt schon drei Jahre nicht gesehen. Und dann nimmst du dir Zeit und stellst deine Fragen.“

„Okay.“ Ich war trotzdem so nervös, dass ich froh war, als die vegetarische Rolle glitschig meinen trockenen Rachen herunterrutschte.

Der Dozent war kahlköpfig mit einem runden Gesicht und runder Brille und wirkte nett und harmlos. Mein Vater redete und redete und nickte mir immer wieder aufmunternd zu. Und dann fiel es mir auf: krass! Sie trauten mir nicht zu, woanders hinzugehen. Deshalb das Praktikum bei Berger, deshalb das Zuhause-Wohnen. Mit Marlena war nie jemand mitgefahren, was sie auch verhindert hätte. Sie wollte in Berlin, Leipzig oder Hamburg weit weg von zuhause sein und neu starten. Aber wie für Jamal brauchte man für mich einen Plan. Obwohl ich das Abi geschafft hatte. Bestimmt. Alle redeten mir rein, denn scheinbar kam ich nicht zurecht. Die Worte schwappten über mich hinweg und plötzlich wurde mir schwindelig. „Entschuldigung“ – beim Rausgehen hätte ich fast die Topfblume umgerissen. Ich lief den Gang hinunter und verschanzte mich auf der Toilette. Und da blieb ich, bis mein Vater an der Tür hämmerte.

„Sorry, ich habe meine Tage gekriegt. Unerwartet“, fügte ich hinzu, denn ich wusste, dass er alles

Ungeplante hasste und es ihn nervte, wenn wir keine Binden oder Tampons dabeihatten, so dass er spontan an einer Tankstelle halten musste.

Beim Abendessen spürte ich seine Blicke. Ich kriegte nichts runter. Wieder versagt. Da hatte er eine Tochter, die hatte „Grips und Mumm", so seine Worte, aber sie hatte eigene abstruse Vorstellungen und studierte nicht richtig. Und die andere hatte Grips und die richtige Einstellung, aber leider nicht die Nerven. Und Tim – das würde sich erst rausstellen, denn im Moment spielte er den Klassenclown und fand Furzkissen und Apps, die einen Feueralarm simulierten, immer noch spitze.

An dem Abend konnte ich nicht einschlafen. Ich schlich nach unten und ging mit Lotta, die schläfrig, aber willig neben mir hertrottete, in den Park. Krass: Alle wussten scheinbar, wie ich tickte. Alle wussten, was das Beste für mich war. Nur dass ich nicht so tickte. Ich hasste das Fliegen und Menschenmassen, also sollte ich wohl nicht nach Asien fahren. Und nach diesem Schuljahr hingen mir Lernen und Prüfungen zum Hals raus, und rechthaberische Leute, die immer quatschten, konnte ich auch nicht leiden. Also sollte ich vielleicht nicht Jura studieren. Ich lief eine Runde und machte mir dann in der Küche noch ein riesiges Brot mit Radieschen und Käse und nahm es mit ins Bett.

Am Freitag reiste Marlena wegen der großen Demo „Sicherer Hafen“ an. Auch meine Oma kam schon morgens.

Als meine Mutter zum Einkaufen fuhr, ging der Streit erst richtig rund, denn weder meine Oma noch meine Schwester wollten eine andere Meinung hören.

„Wir können nicht ganz Afrika aufnehmen. Sie müssen ihre Länder schon selber in Ordnung bringen.“

„Willst du sie einfach ertrinken lassen?“

„Nein, aber nach Afrika zurückbringen. Diese Sichere-Hafen-Sache ist das total falsche Signal. Für jeden, den wir aufnehmen, setzen sich zwanzig neue in Bewegung.“

„Ja“, sagte meine Schwester höhnisch, „und sie vermehren sich ja wie die Karnickel.“

„Ja, das auch. Und sie heiraten jemand aus der Sippe und wollen, dass alle nachkommen. Die Sippe ist das Allerwichtigste.“

„Als wenn du das weißt.“

„Ich bin belesen. Selbst wenn wir nur den Bevölkerungszuwachs eines Jahres aufnähmen, würde Europa untergehen. Und in Afrika würde dadurch auch nichts besser. Außerdem habe ich eine Freundin aus Teheran. Und sogar sie ist der gleichen Meinung.“

„Wir leben im Luxus und schicken sogar unseren Müll nach Afrika. Es ist unsere Schuld. Der ganze Klimawandel.“

„Schuld, pff. Hör auf mit diesem Gutmenschgerede. Die Überbevölkerung dort ist nicht unsere Schuld.

Und wir müssen uns schützen und die Grenzen schließen."

Sie schrien sich an. Dabei waren sie sich im wichtigsten Punkt einig. Die Politik kann man nicht den Politikern überlassen. Nach Meinung meiner Oma betrieben sie den Ausverkauf „unseres" Landes, und Marlena fand, dass der Bundestag halb aus Lügnern und halb aus Schwachköpfen bestand, die vom Klimawandel redeten, aber nicht mal Tempo 130 durchsetzen konnten.

Als ich hochging, sah ich Jamal oben auf der Treppe sitzen.

„Streit um mich?"

„Wegen mir", korrigierte ich ihn. „Nein, nicht über dich, über die Geflüchteten."

„Also über mich. Mag deine Oma nicht mich?"

„Sie streiten über die Seenotbrücke. Sicherer Hafen. Was meinst du?"

Jamal schwieg. Ich stieß ihn an.

„Das weiß ich nicht. Ich kann nicht wissen, was richtig und was falsch. Hier alle wissen alles. Was für Leute aus indisches Dorf gut ist und für Wald in Brasilien. Und für Hunde in Rumänien. Kein Mensch kann das wissen. Allah weiß das. Ich weiß nicht."

„Ich weiß es auch nicht. Aber heute Nachmittag ist die Demo."

Unten beschimpfte meine Schwester meine Oma, dass sie eine verdammte Rassistin sei.

„Ja. Und Nazi. Das ist doch immer euer Argument. Damit die andere Meinung gar nicht gesagt werden darf. Ich bin gegen den Zuzug. Punkt. Es ist ein Ball, der rollt immer schneller und überrollt dich. Wirst schon sehen. Ist ja jetzt schon so in manchen Städten. Dein Kind ist das einzige blonde im Kindergarten."

„Und wenn schon."

„Sagst du. Aber dein Kind ist dann der Außenseiter. Das kann dann gleich ein Kopftuch tragen und durch die Straßen huschen, während die Männer rumstehen und aufs Pflaster spucken."

„Du bist so eine rassistische Ignorantin. Wie die Leute im Osten."

„Nur weil die sich nicht mischen wollen? Für alle anderen Gruppen ist das in Ordnung. Die Jesiden, die Afghanen, die heiraten nur ihre eigenen Leute. Das ist okay. Das sind keine Rassisten, obwohl sie jemanden aus der anderen Gruppe nicht mal angucken würden."

„Hör doch auf."

„Marle, seid nicht dumm. Ihr werft weg, was ihr hier habt. Euer Leben, eure Freiheiten als Frau. Die Welt ist nicht so. Es ist nicht selbstverständlich."

„Lass mich in Ruhe. Ich treffe mich mit Freunden. Wir sehen uns auf der Demo."

„Ich bin am Stand. Auf der anderen Seite. Marle, und pass auf dich auf und nimm eine Jacke mit."

Unten knallte die Tür.

Ich sah Jamal an. „Und du?"

„Ich gehe zu Amir. Wir bleiben in der Wohngruppe. Vielleicht. Weiß nicht."

„Okay. Pass auf dich auf."

Er lächelte.

„Pass auf dich auch auf."

Wir kamen zu spät zur Demo. Auf dem Friedrichsplatz war es laut und undurchschaubar. Hunderte von Plakaten und Krach und Gruppen. Lange Reihen von Polizisten, schwarz vermummte Leute. Singende Menschen mit Kindern und Bollerwagen, gefüllt mit Wasserflaschen, Keksen und Luftballons. Ein kleiner Hund lief mit eingezogenem Schwanz dicht neben seinem Frauchen. Die Nazis konnte man nicht sehen. Ich konnte nichts verstehen – alle skandierten und Musik plärrte aus den Lautsprechern. Viele hatten Trillerpfeifen und ab und zu hörte man Rufe „Nazis raus!".

Slash stieß mich an. „Und, wo ist deine Familie?"

Ich zuckte die Achseln. „Vermutlich zeigt das, wo alle stehen."

Ich wollte es flapsig sagen, aber es stimmte. Meine Schwester hatte das Anketten und Wegtragenlassen im Hambacher Forst unterbrochen, um im Block mit ihren angereisten Freunden zu demonstrieren. Mein Vater arbeitete in der Stadt. Ich fragte mich, ob sie zwischendurch die Sitzung unterbrechen und auf die Straße gucken würden, denn wie sollte man bei diesem Höllenkrach schon arbeiten? Mama war mit ihrer Freundin und Lotta unterwegs. Tim wollte mit einem Freund gehen, aber vermutlich waren sie am Burgerstand in der Fußgängerzone hängengeblieben. Mein Bruder, der jetzt regelmäßig zur Freitagsdemo ging, war der Meinung, dass er genug Engagement zeigte. „Und Klima ist schließlich wichtiger. Was nutzt es, tausend Leute zu retten, wenn die ganze Welt untergeht?", hatte er mir geantwortet. Ehrlich gesagt, wusste ich nicht, ob sein Engagement im Winter oder an einem Wochenende auch so groß wäre. Und meine Oma stand auf der anderen Seite und verteilte Flugblätter gegen die „Sichere-Hafen-Politik".

Zum Glück trafen wir Kiki und Halim im Gewimmel, bevor sich der Zug in Bewegung setzte. Ich konnte die Straße, die doch mein Schulweg war, kaum wiedererkennen. Wir wurden geschoben und gedrängelt und zu einer Parodie des Schlumpf-Liedes bewegte sich die Menschenmasse Richtung Rathaus. Dann drängte uns ein schwarzer Block ab und wir befanden uns plötzlich in einer Seitenstraße. Sofort dröhnte es aus den Polizeiautos: „Halt! Hier ist gesperrt. Zurück zur festgelegten Route!"

Scheiße, warum hatten wir alle Schwarz an? Kiki wollte immer schlank sein und trug deshalb meist Schwarz, und wir anderen hatten dunkle T-Shirts und Jeans. Ein Stein flog und die Masse drängte vorwärts, näher an die Polizisten, bis uns der Wasserwerfer traf. Ich schrie, hätte nie gedacht, dass das so weh tun würde. In dem Wasser waren bestimmt Eisstücke. Slash stürzte zu Boden. Die anderen aber zogen Tücher vor das Gesicht, und die Lederjacken, die ich als Imponiergehabe abgetan hatte, taten ihre Pflicht, jedenfalls ging niemand von ihnen zu Boden. Sie hatten Kappen, feste Schuhe, Steine und Wut und alles, was wir nicht hatten. Wir zogen Slash hoch und er humpelte neben mir her. „Da hinten sind die Glatzen. Schneller, schneller!", schrie jemand hinter mir. Ein weiterer Wasserwerfer brachte uns zum Stehen. Plötzlich kreiste ein Hubschrauber über uns. „Zurück zur Demonstrationsroute!" Wir wollten umkehren, aber der Block drückte uns nach vorn. Kiki und ich stützten Slash und wir bewegten uns krabbenartig zur Seite. Zwei Häuser weiter war die Seitentür der Schülerlernhilfe unverschlossen. Wir schleppten uns durch den verwinkelten Flur und ließen uns auf die Treppenstufen fallen. „Wo ist Halim?", fragte ich.

„Ich weiß es nicht." Kiki fing an zu weinen.

„Verdammt, wir müssen hier warten. Was ist mit deinem Fuß? Lass mal sehen." Wir halfen Slash, den Schuh auszuziehen. Der Knöchel war schon geschwollen.

Wir warteten, bis es leiser wurde und die Geräusche dann ganz erstarben. Plötzlich hörte man wieder die Kirchenuhr und die Straßenbahn, die zwei Ecken weiter hielt. Wir riefen Simon an, der uns zwei Stunden später mit dem Auto abholte und Kiki versicherte, dass Halim inzwischen heil zurückgekommen war.

Als ich nach Hause kam, war Marlena schon da. Sie lag auf dem Sofa und zappte durch die Programme, sprang aber sofort auf.

„Und, Dora, hast du dir wehgetan?“ Sie klang erstaunt.

„Wir sind abgedrängt worden. Schätze, deine Lederjacke war eine gute Idee.“

Sie grinste. „Klar, zeig mal.“ Sie inspizierte meine Schulter und den Oberarm.

„Das gibt einen blauen Fleck. Kennst du jemanden, den du erpressen willst? Das wäre die Gelegenheit. Sieht total nach häuslicher Gewalt aus.“

„Haha. Als wenn du etwas davon verstündest.“

„Weißt du, dass ich mal verhaftet worden bin?“

„Marle, echt?“

„Ja, sie haben mich mitgenommen zur Wache. Wir waren elf Leute und es hat nicht lange gedauert. Aber trotzdem krass.“

„Hattest du keine Angst?“

„Doch, ich hatte total Panik. Mir haben richtig die Finger gezittert.“

„Wie ist es im Forst, da eine Woche zu bleiben?“

„Cool. Ich meine, du hast Angst, wenn Polizei oder Räumfahrzeuge kommen. Aber du verlässt dich auf die anderen. Wir sind dort so etwas wie Familie. Aber wir kennen uns nicht richtig. Nur den Vornamen und meist ist der falsch. Aus Vorsicht. Keiner hat Informationen über die anderen, dann kann man nicht verhört werden.“

Sie zupfte an ihrem Nagelbett, wie sie es früher gemacht hatte, wenn sie nervös war.

„Hätte nie gedacht, dass das hier so ohne mich weiterläuft. Dass ich gar keine Lücke hinterlasse."

„Das stimmt doch nicht."

Aber es stimmte, das Leben hier war ohne sie weitergegangen. Und vielleicht war das der Grund, warum ich hierbleiben sollte. Wenn ich wegginge, würde alles hier weiterlaufen – ohne mich. Ein Männerhaushalt mit Mama und Wochenendoma. Irgendwann würde Jamal einen Freund mitbringen, oder Tim hätte eine Freundin. Irgendwann würde Lotta sterben, denn die meisten Retriever wurden keine dreizehn Jahre alt.

Ich schüttelte die Gedanken ab und sah auf die Uhr.

„Marle, ich treffe die anderen am See. Bist du okay, kann ich gehen?"

„Ja. Hau ab, bevor die anderen auftauchen. Ich warte hier auf Jamal. Er ist hoffentlich okay. Und Mama sage ich, dass du auch okay bist und bei Simon steckst."

Gut, dann konnte ich los. Ich drückte sie und lief nach hinten, um mein Rad zu holen.

„Amüsier dich. Wir sehen uns morgen früh."

Obwohl es schon fast dunkel war, war es noch warm. Ich holte Simon mit dem Rad ab. Wir trugen T-Shirts und kurze Hosen. Halim und Kiki kamen uns entgegen. Sie waren total ineinander verschlungen und sahen von Woche zu Woche mehr wie eine Brezel aus. Anfangs wollte er sie auf der Straße nicht mal anfassen.

„Heiß", sagte Simon und grinste mich an.
„Muss am Klimawandel liegen. Globale Erwärmung."
„Globale Erwärmung hat nichts damit zu tun, dass es an einigen Tagen heißer ist oder einen Sommer lang. Es ist ein großflächiges System, das man jahrzehntelang beobachten muss", sagte ich.
„Hey, Schule ist aus. Ich bin froh, dass es fast vorbei ist. Du kannst mal lockerlassen. Jetzt chill mal."
„Nur weil ich keinen Bock habe auf Kiffen und Bauchnabelsaufen bei der Abifahrt, bin ich nicht verklemmt."
Seit einigen Jahren war es Tradition, dass die Abschlussklasse noch zusammen wegfuhr. Kim und ihre Freundinnen planten schon seit Wochen. Meistens wurde ein billiges Hotel oder Apartments irgendwo am Meer gemietet. Und unsere Stufe würde nach Spanien fliegen, um zu trinken und am Strand abzuhängen. Dieses „Eine Woche ist alles möglich"-Ding, wo es egal war, mit wem man rummachte, wo am letzten Tag die Sonnenbrände verglichen wurden und der Restalkohol für eine letzte Abschiedsrunde zusammengeschüttet wurde.
„Komm, Dora, wir fahren noch kurz zu mir."
„Du bist betrunken."
„Nein, ich hatte nur zwei Bier. Mir geht es super, komm schon. Wir sind nur eine Stunde weg."
„Ich kann das Bier bis hierhin riechen und ich bin kaputt von der Demo. Ich will hierbleiben."

„Mensch, Dora. Dann komm wenigstens mit nach Spanien. Ich muss noch drei Wochen schuften. Dann hätten wir Zeit. Komm schon, man kann auch mal Spaß haben. Spanien, komm schon. Blödes Zeug reden, kiffen, Sonne. Eine Woche Urlaub fürs Gehirn."

Er grinste mich an.

„Als ob das bei dir nur eine Woche wäre." Das kam bissiger, als ich es gemeint hatte. Ich legte schnell meinen Arm um ihn. Er konnte schließlich nichts dafür, dass er zum achtzigsten Geburtstag seiner Oma musste und nicht mit uns auf der Demo war. Aber trotzdem, ich wünschte, dass er dabei gewesen wäre.

Schon als wir den Weg reinfuhren, sahen wir das Feuer. Einige der Jungen übertrieben immer mit dem Anfeuern und die Flammensäule schoss richtig hoch.

„Nicht wie ein Grillfeuer sieht das aus", sagte Halim.

„Es ist ja auch viel mehr. Ein Lagerfeuer. Ein Freudenfeuer, dass die Schule hinter uns ist", antwortete Simon und ließ sich den Hang runterrollen. Ich folgte ihm und wir schlossen die Räder zusammen.

„Frieden. Lass uns einen lockeren Abend haben, okay?" Ich küsste ihn und er packte mich und trug mich zum Wasser. Ich lachte, denn ich wusste, dass er mich nicht reinschmeißen würde. Einige aus der Stufe liefen nur in Badezeug herum und zwei Mädchen führten ihre neuen winzigen Spanienbikinis vor. Kiki trug einen Retrobikini in Dunkelgrün, der ihre Haut hell leuchten ließ. Musik lief. Lilli aus dem Volleyballteam hatte weiter hinten ein Iglu aufgebaut, falls sich jemand hinlegen musste. Simon trug mich zu den Bierkästen, wir besorgten uns zwei Flaschen und setzten uns zu den anderen.

Am Anfang wurde noch über die Schule geredet, aber dann schlug wie immer auf Feten jemand vor, dass wir ein Bierpongtunier machen sollten. Die Tapeziertische wurden aufgebaut. Die ersten Würstchen wurden auf den Grill gelegt und viele hatten Chips und Süßigkeiten mit, die wir in große Schüsseln schütteten. Ich war mit Kiki und Slash in einer Mannschaft und die vierte, Jana, war Handballspielerin, weshalb ich hoffte, dass sie uns viele Punkte holen würde. In der ersten Runde musste ich nur ein Bier trinken. Zuerst spielten wir auf drei Tischen nebeneinander, aber dann umlagerten immer mehr Leute die Gewinnerteams und feuerten sie an. Simon spielte lange. Er konnte gut werfen und ordentlich was vertragen, während ich kaum noch den Ball in die Becher bekam, sobald ich angetrunken war.

Einige fingen an der tanzen; ich wippte mit und guckte den Spielern zu. Es roch nach Sommer, nach Wasser, Grillfleisch und Bier. Der Himmel war klar und man konnte die Sterne sehen. Die perfekte Welle lief, ich tanzte und sang wie die anderen aus vollem Hals mit.

Später saß ich mit Slash auf dem Steg. Er ließ seinen verstauchten Knöchel ins Wasser baumeln. Wir beobachteten, wie Simon und Kiki mit anderen aus der

Stufe im Wasser tobten und Halim am Feuer stand und Burger wendete.

Dann rannten Kiki und zwei andere Mädchen aus der Stufe aus dem Wasser und Lilli sprang hinter Halim und schrie: „Schweiz." Er guckte verdattert, aber Kiki küsste ihn und sagte: „Du bist Schweiz. Neutrales Gebiet. Hier können sie mich nicht abschlagen." Andere fingen an mitzuspielen. In der Mittelstufe haben wir in jeder Freistunde und in den Pausen Schweiz-Fangen gespielt. Wir sind irre viel gerannt und es endete oft im Streit, weil sich niemand mehr erinnerte, welcher Spieler Schweiz war.

Slash stieß mich an.

„Und wirst du es vermissen? Die Schule? Simon, wenn er in Asien ist?"

„Schon, diese Woche könnte ewig dauern. Ewig und noch länger."

„Du hast krass Glück, Heterodora. Für mich gibt es hier an der Schule nichts zu holen. Ich bin froh, wenn ich in einer anderen Stadt bin. Berlin. Köln."

Er breitete die Arme aus und seine Geste umfasste alles – den See, die Gruppe, die Silhouette der Stadt dahinter.

„Warum sollte ich hierbleiben? Was gibt es hier, wofür es sich lohnt?"

„Berlin? Ich weiß nicht, was alle immer mit Berlin haben", sagte ich trotzig. Und es gibt uns oder gab uns, dachte ich. Wir wollten zusammenziehen, weißt du noch? Freunde für immer.

„Kann ich dir sagen. Da gibt es jede Menge Schwule. Da habe ich auch mal die Auswahl und vielleicht gibt es so viele, dass sogar genug Türken schwul sind und einen nicht blöd anlabern. Ich zieh dahin, selbst wenn ich keinen Studienplatz kriege."

„Echt jetzt? Du willst nicht zur Uni?"

„Ich weiß es nicht. Ich will das richtige Leben. Jobben, in einer WG wohnen, in einer Männer-WG. Aber sag nichts zu meinen Eltern. Die wollen, dass ich unbedingt studiere. In Tübingen, weil da mein Alter war. Ausgerechnet Tübingen. Zweitausend Touristen auf zwei Schwule."

„Und nichts zu Simon, der denkt nämlich, dass du mit ihm nach Vietnam fliegst."

„Ich besuche ihn. Ich flieg nach Weihnachten hin. Ist schon abgemacht. Und du?"

„Weiß noch nicht. Fährst du nach Spanien?", fragte ich.

„Nein. Ich werde aus der Stufe keinen mehr wiedersehen. Außer euch. In Spanien werden sich alle verbrüdern und verschwistern und lieber zueinander sein, als sie es je miteinander waren. Du weißt schon, selbst die Schülersprecherin wird mit dem Latein-Nerd knutschen. Selbst Kim wird nett sein. Für fünf Tage sind sie unzertrennlich und danach fällt es auseinander. Und du?"

Ich zuckte mit den Schultern.

„Hast du keine Angst, dass Simon mit anderen Mädchen rummacht?"

„Eigentlich nicht. Du weißt, so ist Simon nicht, und außerdem …“

„Klar“, unterbrach mich Slash.

„Sonne. Alkohol. Strand. Sand. Bikinis. Alkohol. Und außerdem fährst du ja auch nicht nach Asien“, setzte er hinzu.

„Wer weiß?“

„Dora, ich weiß. Du fährst nicht nach Asien.“

Ich wollte ihn noch fragen, ob er glaubte, dass Simon und ich eine Chance hätten, ließ es aber, denn ich wollte die Antwort nicht hören. Slash war mein ältester Freund und hatte draußen im Kindergartenhof mit mir gespielt, als ich mit Mütze und verschnittenen Haaren zurückkam. Er wusste eher als ich selbst, wann ich anfangen würde zu heulen. Sogar als wir Schluss gemacht haben – das war ein Theater für die Mädchen in der Klasse, aber nicht für uns. Wir machten genau da weiter, wo wir vor der Küsserei aufgehört hatten.

Einen Moment dachte ich, ihm von dem Brief zu erzählen, aber es musste noch mein Geheimnis bleiben. Meine Geheimwaffe gegen das Versagen. Außerdem würde Slash nicht verstehen, warum ich den Brief noch nicht geöffnet hatte, und genau wie Kiki mich dazu bringen, das unverzüglich zu tun.

Wir blieben noch einen Moment sitzen und guckten auf das Wasser, bis Halim mit der Grillzange wedelte und uns rief.

„Aber egal, wo es uns hintreibt. Vorher bringe ich diesem Halim noch Schwimmen bei.“

„Wenn du das schaffst. Übrigens kannst du gleich zwei Schüler nehmen, Jamal muss auch schwimmen lernen."

„Für dich, Heterodora, tue ich alles. Du bist meine Lieblingsfrau. Hilf mir mal hoch."

Später saß ich mit Simon auf dem Steg und wir knutschten, während die anderen am Strand sich „Supershots" ausgaben. Überwiegend Jungen lagen nebeneinander auf dem Sand, und ihnen wurden aus großen Flaschen Limettensaft und Tequila gleichzeitig in den Mund gekippt. Ich hatte es nur einmal probiert und geglaubt, an dem Strahl von ätzendem Alkohol und Limettenpampe zu ersticken. Das Zeug lief so schnell durch, dass man kaum eine Chance hatte zu schlucken. Unter viel Gejohle legten sich die nächsten Leute auf den Boden und die Flaschen kreisten über ihren Gesichtern.

Halim und Kiki gingen nach Hause. So verwestlicht, dass er sich hier wie andere Pärchen auf einer Picknickdecke wälzen würde, war er nicht. Zum Glück, denn anders als Simon konnte ich das auch nicht. So holte er eine Decke und wir legten uns abseits in den Sand und guckten in die Sterne. Ich kuschelte mich an ihn und spürte seinen ruhigen Herzschlag.

Ich kam erst um drei nach Hause und war hundemüde. Das Haus lag im Dunkeln. Ich holte mir ein Glas Wasser und setzte mich auf die Terrasse. Lotta trottete hinter mir her. Was für ein irrer Tag. Wahnsinn hoch zwei. Was für ein verrücktes Jahr. Im letzten

Herbst war doch alles so klar gewesen. Mit Kiki eine Interrailtour machen. Ich und Simon. Ich und Jura. Unsere Clique, Freundschaft für immer. Zusammen wohnen. Und dann zog ich den Umschlag aus meiner Hosentasche, wo er jetzt eine Woche gesteckt hatte, und machte ihn auf.

Eine Zusage für ein ökologisches Jahr an der Nordsee! Ich blieb ganz ruhig sitzen, bis die Vögel anfingen zu singen und der Himmel sich langsam rosa färbte. Dann ging ich schlafen.

6

Als ich aufwachte, war es schon elf. Der gestrige Tag kam mir vor wie eine Woche. Ich tastete nach dem Brief. Ich gab Greetsiel ins Handy ein und sah auf die Karte. Da würde ich also sein, wenn ich zusagte. Zehn Tage konnte ich noch überlegen. Ich konnte also abwarten, bis ich die Noten bekam.

Und die Noten waren genauso, wie ich gedacht hatte. In Geschichte hatte ich die Drei bekommen. Unser Tutor fragte mich, ob ich eine freiwillige Nachprüfung in Geschichte machen wollte, aber ich lehnte ab, obwohl er anbot, dass ich es mir noch zwei Tage überlegen könnte. Der Schnitt war deshalb gesunken. Nun waren wir alle durch und trotz allem mit den Noten zufrieden. Kiki tanzte auf dem Flur herum und Slash war unter 2,0 geblieben, weil er in Mathe eine Eins geschrieben hatte.

Einen Tag später kam die Praktikumszusage von Berger. Meine Mutter machte eine Flasche Sekt auf und wir tranken auf meine Zukunft. Ich hatte es geschafft: 1,8. Die Acht gab mir einen Stich, denn eigentlich wollte ich unter 1,7 bleiben. Mein Vater nahm mich mit in sein Arbeitszimmer. „Gönn dir etwas Pause. Ich will nicht, dass du einen stumpfsinnigen Job machst. Fahr in den Urlaub, damit du im August ausgeruht dein Praktikum anfangen kannst." Er gab mir einen Scheck über 800 Euro. Ich hatte alles. Das super Kleinminuszeugnis und die Praktikumsstelle. Der Studienplatz hier war mir sicher und ich könnte mit Kiki und Simon mindestens bis Weihnachten abhängen. Plan A konnte durchlaufen. A bedeutete erfolgreich. Astrein. Astronomisch gut.

Wenn da nur nicht diese zerknitterte Broschüre wäre, auf der ein Mädchen in Gummistiefeln im Watt Bodenproben nahm. Ich blätterte sie jeden Abend durch, bevor ich das Licht ausmachte.

Beim Besuch der Reinhards fiel mir richtig auf, was für Snobs seine Eltern waren. „Jan-Malte will in Tübingen studieren", behauptete Slashs Mutter, „oder vielleicht in Heidelberg." In Deutschland leben 70 Prozent der Menschen in Kleinstädten oder Landgemeinden, also nach Meinung unserer Eltern hinter dem Mond. Denn wirklich wohnen konnte man nur in München, Freiburg, Stuttgart oder Frankfurt. Vielleicht noch an drei anderen Orten. Der Norden war suspekt, obwohl sie einräumten, dass Hamburg und der Südwesten von Berlin durchaus Lebensqualität besaßen. Das Ruhrgebiet war ein Dreckloch und Ostdeutschland lag in der asiatischen Steppe. Eine

Cousine meines Vaters wohnte in Oldenburg und ich hatte sie als Kind immer bedauert, denn es hörte sich so an, als lebte sie in einer schimmeligen Hütte hinter einem Misthaufen. Aber jetzt stellte ich es mir toll vor, in einer Fahrradstadt zu wohnen, die nah am Meer lag und groß genug für Buchläden und Cafés war.

Slashs Mutter sagte dauernd „hochkarätig". Der Urlaubsort, das Konzert, die Bekannten – alles war hochkarätig. Sie trug eine Kette mit einem goldenen Tennisschläger um den Hals. Wenn sie in unserem Alter wäre, wäre sie bestimmt ein Labelgirl mit Buchstabensalat auf den Klamotten. Laut Slash wünschte sie sich zum Geburtstag einen Klavieranhänger, weil Beethoven ja 200 Jahre wurde und sie ihn so verehrte.

Ich war froh, als Simon klingelte und ich abhauen konnte. Er hatte vom ersten Geld Konzertkarten gekauft. „Damit ich weiß, dass diese Schufterei sich lohnt", grinste er und hielt mir die Karten hin.

Es war voll. Es war laut. Die Musik war super. Die Band und die Fans – alle gut drauf. Wir tanzten und grölten mit, obwohl ich die Band, ein Indie-Label, nicht kannte. Simon stand hinter mir und wir tanzten zusammen. Er hatte fast die ganze Zeit seine Hände auf meinen Hüften, bis es wilder wurde und wir alle herumhüpften. Mein T-Shirt war durchgeschwitzt und ich suchte in meinen Jeanstaschen nach einem Haarband und band mir einen Pferdeschwanz.

„Und hat es dir gefallen?"

„Es war toll. Danke! Danke! Danke!" Ich fiel ihm um den Hals.

„Lag das nur am Bier?", lachte er.

Vermutlich auch, aber auch am Tanzen, an der Band, an all den Leuten, die so heavy abgegangen sind. Und damit, dass ich mich nach so langer Zeit mal unbeschwert und leicht gefühlt hatte. Ich wollte nur Spaß haben und hatte keine Minute an Abi-Noten, Asienreise, Praktikum und so gedacht. Keine Sekunde. Wie der erste Morgen der Sommerferien. Genauso.

Wir fuhren mit dem Auto ein Stück raus und legten uns auf eine Wiese. Es gab bestimmt Zecken und Mücken, aber auch an die dachte ich nicht, sondern sah in die Sterne, spürte den leichten Wind und atmete den Hafergeruch, der manchmal herüberwehte.

Am nächsten Dienstag trafen wir uns am See. Simon musste arbeiten und wollte uns später treffen. Kiki und ich holten Amir und Jamal von der Schule ab, und Slash nahm Halim auf seiner Maschine mit. Obwohl die Sonne schien, war nicht viel los, nur ein älteres Paar führte einen dicken Hund spazieren und eine Mutter buddelte mit zwei Kindern im Sand. Slash hatte einen Ball dabei und wir spielten Fußball, um die Jungen aufzuwärmen. Kiki stellte sich extra blöd an und schoss den Ball immer wieder ins Wasser, so dass bald vier von uns im See standen. Wir warfen den Ball hin und her, aber Jamal und Amir weigerten sich, auch nur einen Fuß ins Wasser zu setzen. Wenigstens hatten sie sich die Klamotten ausgezogen.

„Komm, Jamal!“ Ich warf ihm den Ball zu.

Er schüttelte den Kopf.

Slash ging zu ihm. „Wenn du schwimmen lernen willst, musst du ins Wasser gehen.“

„Nein, Betreuerin will das. Wozu schwimmen?“

Kiki sah Halim beschwörend an.

„Komm, wir probieren es.“

Die drei sprachen sich hastig auf Arabisch ab und Halim redete gestikulierend auf die beiden jüngeren ein.

Alle drei gingen gemeinsam bis zu dem Knien ins Wasser. Jamal presste die Lippen zusammen, aber ging zwischen Amir und Halim Schritt für Schritt vorwärts.

Dann blieb er stehen. Kiki und ich setzten uns auf den Steg.

Slash bracht Halim dazu, noch weiter hineinzugehen. Bis zur Hüfte – Pause – bis zu den Schultern. Das würde schwierig werden, vielleicht war es auch blöd, dass Kiki und ich zusahen. Jedenfalls wollte Halim sich weder von Slash anfassen lassen noch ein Bein vom Boden nehmen.

Als sie abbrachen sagte Slash, dass er alle drei im Schwimmbad treffen wollte. Ohne Mädchen, aber mit Simon, weil der ja auch einen Rettungsschwimmerschein hatte.

„Das wird einfacher." Er nickte den drei Nichtschwimmern zu. „Das Wasser ist wärmer und ihr könnt bis zum Grund sehen."

„Einfacher, haha", flüsterte mir Kiki zu. „Da setze ich zwanzig Euro dagegen. Ich habe zwei Monate gebraucht, damit Halim mit mir in einen Whirlpool steigt."

Am nächsten Tag kam der Bescheid, dass Jamal als geflüchteter Minderjähriger anerkannt war. Er weinte und Mama weinte und wir freuten uns, und alle umarmten sich. Dann ging er in sein Zimmer, um erstmal zwei Stunden zu telefonieren. Das hieß, er durfte weiter hier leben und zur Schule gehen. Wir gingen mit ihm essen und er durfte drei Freunde mitbringen. Am nächsten Morgen beantragte Papa mit ihm die neuen Papiere und kaufte ihm ein rotes Fahrrad, auch wenn der Verkäufer ihn überreden wollte, lieber ein graues Männerrad zu nehmen.

Abends nahm ich mein Handy mit nach draußen. Ich kletterte durch mein Fenster und setzte mich auf das Garagendach. Früher hatten wir das oft gemacht, denn Tim schlief auf der anderen Seite und bekam es nicht mit, wenn Marle und ich auf das Dach stiegen.

Es dämmerte und in der Regenrinne konnte ich einen blauen Ball erkennen, den Tim hier hochgeschossen hatte. Außerdem lag ein Quietscheknochen von Lotta herum, den ich mit einem Tritt nach unten beförderte. Ich rief Marlena an, um ihr das mit dem

FÖJ zu erzählen. Oft erreichte ich sie nicht, weil sie entweder ihr Handy abschaltete oder keinen Empfang hatte. Zum Glück ging sie gleich ans Telefon.

„He, wo bist du?"

„Ich sitze auf dem Dach."

Sie lachte.

„Und du?"

„In Leipzig. In unserer Küche. Was gibt es?"

Ich schwieg einen Moment.

„Dora, bist du noch dran?"

„Ja. Du weißt, ich liebe diese Stadt. Und Simon. Und ich will das Praktikum."

„Ich weiß. Aber?"

Ich zog die Knie an und lege meinen Kopf darauf.

„Aber es gibt etwas anderes? Einen anderen?", hörte ich sie fragen.

„Nein. Aber als ich mit Papa in Darmstadt war. Es war alles so, so eng und ich habe nicht gewusst, ob ich dahin will. Als könnte es da draußen andere Dinge geben, von denen ich nichts weiß. Eine andere Welt."

Das ökologische Jahr am Meer, das war wie eine magische Tür. Es könnte überall hinführen. Überall.

Wir schwiegen, dann sagte sie: „Nicht könnte. Nicht vielleicht. Da draußen gibt es andere Dinge. Viele Dinge – oder viele Wege. Und du musst dich nicht jetzt entscheiden. Die Kanzlei Berger hat keine Supermanflügel. Und die juristische Fakultät auch nicht. Sie fliegen dir nicht weg."

„Marle, ich habe mich beworben. Für die Nordsee. Ein FÖJ. Und ich habe eine Zusage."

Pause.

„Jetzt sag etwas".

„Wow. Ich bin etwas überrascht. Die Nordsee. Weiter weg geht kaum. Und machst du es?"

„Ich …, ich weiß nicht. Es wäre super. Aber ich habe es noch keinem erzählt."

„Auch nicht Simon?"

„Nein."

„Ich bin echt platt. Dass du dich beworben hast. Und es keinem erzählt hast. Hätte ich nicht gedacht."

„Nein, ich auch nicht. Ich wollte die Noten abwarten. Es war eigentlich nur die Notlösung."

Ich hörte Marle am anderen Ende lachen.

„Hört sich nach einer tollen Notlösung an. Eine super Dora-Lösung."

„Ich weiß, und jetzt muss ich mich entscheiden, und vor allem, was wird Papa sagen? Und Mama. Für die war es klar, dass ich erstmal hierbleibe."

„Du musst das Richtige für dich finden. Nicht für die anderen. Ich bin kaum noch in Leipzig, weil ich viel unterwegs bin. Aber das fühlt sich richtig an. Ich meine, wenn man schon Politikwissenschaft studiert. Wir haben eine Arbeitsgruppe gegründet. Da sind jetzt neun Leute von verschiedenen Unis drin, die den Bachelor machen wollen und sich trotzdem engagieren."

Sie erzählte mir, dass sie sich die Texte hin- und herschickten und zusammen für die Klausuren arbeiteten und dass sie hoffte, den Abschluss trotzdem in der Regelzeit zu schaffen.

Ich schaute auf den Nachbargarten, wo sich der alte rote Kater räkelte, den Lotta immer anbellte. Einmal hatte sie sich unter dem Zaun durchgebuddelt und Marle und ich wurden mit Pralinen und Blumen hinübergeschickt, um sie beziehungsweise uns zu entschuldigen. Ich hatte den Kater ewig nicht gesehen, aber ich war auch lange nicht mehr auf dem Dach gewesen. Ich roch die Büsche, die die Nachbarn gepflanzt hatten, und als ich mich hinstellte, konnte ich bis zur Nikolaikirche gucken.

Als ich am nächsten Tag von Kiki nach Hause zurückkam, fand ich Jamal in der Küche. Er saß am Tisch ohne Essen und Tee.

„Wann kommt deine Mutter zuhause?"

„Noch nicht. Heute ist Elternabend."

Er guckte weiter auf die Tischplatte.

„Jamal, was ist denn? Ist etwas mit deinen Eltern?"

Er sprach fast nie von seiner Familie, und durch Mama wusste ich nur, dass er zwei kleine Schwestern hatte, die bei den Eltern lebten.

Er schüttelte den Kopf. Ich setzte Teewasser auf und stellte Kekse auf den Tisch.

„Nein. Nichts mit Eltern. Amir."

„Was ist mit Amir?"

„Er soll ausziehen. Weg von Wohngruppe."

Es dauerte eine Weile, bis ich die Geschichte verstand. Zum nächsten Monat sollte Amir das Wohnheim verlassen. Sie hatten seine Hände geröntgt und danach sein Alter auf mindestens zwanzig festgelegt. Jamal konnte das nicht verstehen.

„So lange unterwegs. Als Junge. Über zwei Jahre. Und jetzt zu spät. Zu alt."

Er durfte übergangsweise noch in eine andere Wohngruppe einziehen, sollte aber ab Juli in ein normales Flüchtlingsheim umsiedeln oder sich eine andere Wohnung suchen. Dort hätte er kein eigenes Zimmer und keine Betreuung. Und das empfohlene Heim lag in Essen. Amir wollte nicht fort und Jamal wollte ihn nicht gehen lassen.

Als meine Eltern endlich zurückkamen, ging ich noch zu Simon. Sein Zimmer stank nach Bier und Gras, und ich wehrte ihn ab, als er mich aufs Bett ziehen wollte. Ich wusste, dass er bekifft war, weil überall Süßigkeitenpapier herumlag. Eigentlich ist Simon scharf auf herbe Sachen, aber nach dem Rauchen hat er den Geschmack eines Vierjährigen und kann nicht genug kriegen von Eis, Pudding, Geleebohnen und Schokoküssen.

„Komm schon, mein Alter ist nicht da. Wir haben Zeit."

„Nein, ich muss dir etwas erzählen."

„Was denn?“, murmelte er, während er sein Gesicht in meinen Haaren vergrub und versuchte, mir den Gürtel aufzumachen.

„Ich habe mich beworben. Für ein FÖJ. An der Nordsee.“

„Hm, hm, warum?“ Er zog mir den Reißverschluss der Jeans auf.

„Wegen Jura.“

„Ja, aber jetzt hast du ja dein Abi. Fast. Und das Praktikum. Und im Winter kommst du mit nach Asien. Oder kommst nach.“ Er küsste meinen Hals.

„Nein, jetzt lass doch mal.“ Ich drehte mich um und stand auf.

„Komm, komm schon, Dora. Süße Dora. Ich habe dich so vermisst.“ Er griff nach meiner Hand, aber ich entzog sie ihm.

„Ich gehe weg. Im August ziehe ich an die Nordsee.“

Simon setzte sich langsam auf. Dann sah er mich an und war mit einem Schlag nüchtern.

„Du hast dich also beworben. Ohne mir etwas zu sagen. Und das ganze Theater mit deinem wichtigen Praktikum und dem Jurastudium? Dass du deshalb nicht mit auf die Reise kannst. Alles Theater?“

„Simon!“

Er sprang auf und lief im Zimmer auf und ab.

„Ich kann es nicht fassen, dass meine Freundin mir nichts davon erzählt hat. Dass meine Freundin nicht mit mir verreisen will. Dass meine Freundin nicht mit auf die Abschlussfahrt will.“

„Simon, es tut mir leid."

„Was soll das eigentlich alles? Willst du Schluss machen? Ist das dein Plan? Kapitel Schule und Kapitel Simon sind abgeschlossen."

„Nein. Ich – ich bin so durcheinander."

„Super. Du bist durcheinander. Wie lange weißt du das schon?"

„Noch nicht lange. Meine Eltern und Kiki wissen auch nichts. Vielleicht klappt es ja auch nicht."

Aber ich wusste, dass das nicht stimmte. Es würde klappen.

„Wir reden morgen, okay?"

„Ich arbeite", sagte Simon schroff.

„Ich weiß, aber ich kann doch nachmittags kommen. Wenn du zurück bist. Bis morgen."

Er brachte mich nicht zur Tür, und auf der Straße musste ich erstmal ein paar tiefe Atemzüge nehmen.

Ich hoffte, dass meine Eltern meinen Auszug ruhiger hinnehmen würden. Schließlich war es seltsam, dieses moderne Leben, wo die Kids immer noch im Hotel Mama lebten, bis sie fünfundzwanzig waren. Es war einfach Mist, dass alles so viel kostete und viele einfach gar nicht ausziehen konnten, besonders nicht, wenn sie studieren wollten. Denn wer wollte schon zehn Jahre lang einen Studienkredit abbezahlen? Meine Eltern mussten mich ziehen lassen, schließlich hatten beide schon mit zwanzig in anderen Städten Hunderte von Kilometern von ihren Eltern entfernt gelebt. Mit vierundzwanzig hatte meine Mutter schon geheiratet und ihren ersten Job angefangen. Aber ich war nicht bereit für den Vierzig-Jahre-Marathon-Job mit Kindern und Haushalt. Ich wollte weg. Ich wollte irgendetwas anderes. Nur für mich.

Kiki kam am nächsten Morgen. Sie brachte mir süße Brötchen, die sie mit Halim gebacken hatte. Sie war aufgeregt wegen ihres Kleides und lief in meinem Zimmer auf und ab.

„Es ist hellblau. Perfekt. Eine klassische A-Linie. Es geht als Ball- oder Cocktailkleid. Es kennt keinen Anlass."

Sie hatte mit Fatima eingekauft. Ich war eifersüchtig auf Halim und Fatima. Kiki verbrachte immer mehr Zeit mit den Schülern des Kollegs, und es gab mir einen Stich, wenn ich sie zusammen sah. Fatima und Kiki waren sich so ähnlich und dabei, feste Freundinnen zu werden. Sie hatten beide diesen Telefontick. Anzurufen, und wenn niemand abhob, noch mal und noch mal anzurufen, bis jemand sich erbarmte, weil es ja ein Notfall sein könnte. Und am Telefon fragten sie dann, warum man nicht sofort rangegangen sei. Wie man Kiki wegen ihrer Kleinheit unterschätzte, täuschte bei Fatima das runde Kindergesicht. Beide redeten viel und waren zielstrebig und furchtlos. Und beide konnten lügen, ohne mit der Wimper zu zucken.

„Es ist ein dämliches Kleid. Es kennt gar nichts, außer das Elend der Näherinnen und den Schweißgeruch nach dem Ball", konnte ich mir nicht verkneifen.

Es tat mir sofort leid, als ich ihr Gesicht sah. Das Kleid war egal, aber Kiki wollte Halim irgendetwas beweisen – verdammt, es war kein Hochzeitskleid, und ihren Eltern – verdammt, es war kein Unitalar. Aber klar, sie war krass nervös wegen des Zusammentreffens. Denn ihre Eltern, obwohl sie wussten, wie stur Kiki sein konnte, gaben Halim immer noch die Schuld, dass sie im Oktober nicht mit dem Studium anfangen würde.

„Sorry, es tut mir leid. Also, wie sieht es aus?"

Kiki verdrehte die Augen, aber erklärte es noch einmal: „Und? Was ist mir dir? Willst du nicht dieses besondere Kleid? Du weißt schon. Der Junge holt dich ab und fällt fast um, wenn er dich ansieht. Dann geht ihr zum Auto. Du guckst stur geradeaus, aber merkst natürlich, dass er dich immer wieder ansieht und sich fragt, ob du echt bist."

„Ich frage mich, ob du echt bist oder ob wir eine blöde Amiserie gucken." Ich schmiss ihr ein Kissen an den Kopf.

„Im Ernst jetzt, Dora. Die Prüfungen haben dich so gestresst. Du musst den Abend feiern. Das bist du dir schuldig. Und mir. Und Slash. Und Simon."

„Ist ja schon gut", stöhnte ich, „ich besorge mir ein Kleid."

„Du besorgst dir DAS Kleid. Ehrlich, wer weiß schon, ob wir heiraten. Vielleicht ist das unser einziger Ball."

Der Abiball mit unseren Eltern würde stressig sein. Kiki sollte nicht mit Halim kommen und Slash sollte ein Mädchen einladen. Simon und ich machten als Paar unsere Eltern glücklich, nur dass es zwischen uns so krass knirschte, dass ich abwechselnd sauer oder kurz vorm Heulen war, wenn ich ihn anguckte. Wenn wir uns in der Woche trafen und mit den Leuten aus der Stufe loszogen, war er immer charmant und nett. Jetzt, da die Schulzeit vorbei war, machten Leute aus verschiedenen Cliquen etwas zusammen, was vorher nicht möglich war. Entweder weil sie wussten, dass sie die anderen nicht wiedersähen und daher befreit und locker waren, oder weil alle klamm in die Zukunft blickten. Oft war es Simon, der trotz aller Packerei noch vorschlug, zu spielen oder in die Kneipe zu gehen. Nur mir gegenüber war er distanziert. Wir redeten zwar miteinander, aber es war so, als wäre er weit entfernt. Unerreichbar. Es machte mich fertig, dass er so sauer auf mich war. Das würde ja ein toller Tisch bei der Abifeier werden. Hoffentlich gab es gutes Essen, langweilige Reden und viele Gläser, an denen wir uns festhalten konnten. Außerdem musste ich meinen Eltern erzählen, dass ich eine FÖJ-Stelle auf dem Mars annehmen würde. Also sollte ich Kiki ihr Kleid gönnen und hoffen, dass der Wackelpuddingfrieden noch etwas halten würde.

Am gleichen Abend schrieb ich eine Mail und sagte dem FÖJ zu.

Jetzt, da ich mich entschieden hatte, sprang die Zeit wieder an und ich hatte alles Mögliche zu erledigen. Ich sagte Berger ab, machte einen Gesundheitstest und schickte Kopien von Zeugnis, Pass, Führerschein und Krankenversicherung los. Man würde mir ein Zimmer stellen, in dem es einen Kühlschrank und ein Bett gab, und ich schrieb Listen, was ich besorgen musste, wenn ich in den Norden zog.

Ans Meer. Auf meine zahlreichen Listen malte ich Herzchen und Vögel.

Zufällig planten meine Eltern für den Sommer eine Woche auf Amrum. Selbst Marlena und Oma wollten kommen. Jamal zögerte. Ich weiß nicht, weshalb meine Eltern nicht checkten, dass er nirgendwo ohne Amir hinging. Nicht in die Schule, nicht zum Sport und nicht zum Feiern. Also schlug ich vor, dass alle unter fünfundzwanzig campten und wir so Amir einladen könnten.

Mein Vater brachte mit Tim und Jamal eine Reckstange im Türrahmen an. Anfangs musste ich lachen, wenn ich sie daran herumhampeln sah, aber sie wurden immer besser und Jamal war längst nicht mehr so ein kleines dünnes Männchen wie in den ersten Wochen. Er stand früher auf und fuhr mit dem roten Rad und seinem rostfarbenen Helm zur Schule. Ich wusste nicht, ob der Schwimmunterricht gut lief, aber die Jungen hatten sich zweimal im Bad getroffen.

Ich wartete bis zum Wochenende, weil ich hoffte, dass Marlena nach Hause käme und mich raushauen könnte, wenn ich die Sache mit dem FÖJ platzen ließe. Aber statt Marlena kam nur meine Oma zum Mittagessen, und weil ich es nicht länger aushalten konnte, sagte ich nach dem Essen beiläufig: „Es hat sich bisschen … etwas geändert. Ich möchte ein freies Jahr machen.“

„Gehst du mit nach Asien? Fahrt ihr doch jetzt zusammen, du und Simon?“, fragte meine Mutter und lächelte mir zu. Sie mochte Simon und hoffte, dass es zwischen uns wieder besser lief. Vermutlich hatte sie mitgekriegt, dass er nicht mehr vorbeikam.

„Nein. Ich – ich dachte, dass ich ein FÖJ mache. Das ist ein freiwilliges Jahr.“

„Wir wissen, was das ist“, unterbrach mein Vater, „aber gibt es das überhaupt im Bereich Jura?“

„Ich mache ein ökologisches Jahr. Am Meer. An der Nordsee.“

Aus den Augenwinkeln sah ich, dass Tim tiefer in seinen Sitz rutschte. Jamal sah mich mit großen Augen an.

Schweigen, bis mein Vater fragte, wann ich mich dazu entschlossen hätte und warum sie nichts davon wüssten. Er erklärte mir, dass es auch ein politisches Jahr gäbe, wo man sogar bei den Gremien im Bundestag ein Praktikum machen könnte. Er redete sich in Fahrt und überlegte schon, wen er anrufen könnte, bis meine Oma ihm das Wort abschnitt.

„Bertram, jetzt lass das Mädchen doch in Ruhe. Du hast gehört, was sie gesagt hat. Kauf ihr lieber eine ordentliche Regenjacke. Eine gefütterte Regenjacke. Sie weiß schon, was sie macht, und sie war immer zufrieden, wenn sie draußen im Matsch spielen konnte."

Ich wusste nicht, ob ich über ihre Unterstützung lachen oder mich ärgern sollte – im Matsch spielen klang nicht nach irgendeinem Beruf. Aber das Eis war gebrochen, wir aßen Nachtisch und alle redeten wieder. Tim kleckerte Vanillesoße auf den Boden und Lotta leckte sie sofort weg. Jamal atmete wieder normal und ließ sich von meiner Mutter eine Portion auffüllen. Mein Vater sagte zwar kaum etwas, aber ignorierte mich nicht völlig. Immerhin gab er mir die Erdbeeren rüber.

Meine Mama sagte nicht mehr viel. Ich wusste, dass sie mich total vermissen würde, aber auch froh war, wenn ich etwas fand, was mich glücklich machte. Deshalb lächelte sie mich jedes Mal, wenn unsere Blicke sich trafen, tapfer an.

Es war schon spät, als ich zu Simon ging. In seinem Zimmer brannte kein Licht mehr und ich wollte auch nicht seinen Vater wecken. Also schmiss ich kleine Steinchen ans Fenster. In Filmen klappt das immer gut, aber ich brauchte eine Ewigkeit, um zu treffen, und Simon brauchte eine Ewigkeit, um es zu bemerken. Endlich tauchte sein verstrubbelter Kopf am Fenster auf.

„Dora, was ist?"

„Nichts. Kann ich rein?"

„Warte, ich komme runter."

Als er in seinen Boxershorts und dem ausgeblichenen Sport-T-Shirt vor mir stand, wurde ich verlegen. Das T-Shirt hatte er mir mal auf einer Klassenfahrt geliehen, weil ich einen Sonnenbrand auf der Schulter hatte.

Simon war typisch Junge. Er hatte den anderen nichts erzählt. Nicht mal Slash.

Wir gingen ein paar Schritte Richtung Park. Ich wusste nicht, ob er glaubte, dass ich Schluss machen wollte, jedenfalls sagte er nichts.

„Simon, es hat nichts mit dir zu tun. Du musst nach Asien fahren und ich will das nicht. Ich will das Jahr an der Nordsee."

„Ja, aber wir können ja Freunde bleiben. Sag das bloß nicht. Das ist die lahmste Ausrede", sagte er scharf.

„Das wollte ich gar nicht sagen. Können wir nicht zusammenbleiben?"

„Wie denn? Jetzt gehst du und ich fliege am 4. November nach Singapur. Da sehen wir uns ein Jahr nicht." Er nahm einen Ast und schlug auf die Büsche neben sich ein. „Wie soll das denn funktionieren, Dora?"

„Ich weiß nicht. Aber alle reisen doch oder studieren. Glaubst du, die machen alle Schluss?" Ich merkte, wie mir die Tränen hochstiegen.

„Alle nicht. Kiki und Halim bleiben zusammen", sagte er.

„Und wir?“, fragte ich leise.

„Ich weiß es nicht. Ich dachte immer, dass du nur wegen der Schule so, so eng warst und dass du nachkommen würdest. Und wir würden zusammen reisen. Was ganz anderes erleben. Mehr zusammen sein. Und danach mit Freunden in eine Wohnung ziehen.“

Einen Moment wollte ich sagen, dass ich nachkommen würde. Und ich kannte ihn gut. Einen Moment überlegte er, dass er nicht nach Asien fliegen würde, das sah ich an seinem Blick. Wenn ich gesagt hätte, dass ich wollte, dass er nicht fliegt, würde er den Flug canceln.

Ich zog ihn schnell an mich, wir knutschten und ich fuhr mit meinen Händen unter sein T-Shirt. Einen Moment war alles wie immer. War alles perfekt. Ich schickte meiner Mutter eine Nachricht und ging mit ihm hoch. Wir blieben die ganze Nacht wach.

Am nächsten Morgen frühstückten wir in einem kleinen Café, und er brachte mich nach Hause. Es war wie immer, aber wir beide wussten, dass es keine Gewissheit für uns gab. Erstmal waren wir zusammen, er würde mich an der Nordsee besuchen, und wir würden viel mailen und chatten. Aber ein Jahr war verdammt lang, und niemand von uns konnte sagen, wo er im nächsten August war und mit wem er zusammen sein wollte. Der Fluch unserer Generation. Wir waren eben nicht wie unsere Großeltern, die sich vor dem Krieg versprochen hatten, aufeinander zu warten. Ein Jahr war einfach eine verdammt lange Zeit.

Und weil ich gerade am Zug war, klingelte ich noch bei Slash und Kiki, um ihnen die Nachricht zu überbringen, wobei ich mit „Jetzt keine Zeit, wir reden später" schnell davonlief.

Kiki rannte mir hinterher. „Dora! Dora, jetzt warte!"

„Ich melde mich. In ein paar Stunden." Ich rannte davon. Zum Glück hatte ich längere Beine. Ich konnte nicht. Jetzt brauchte ich erstmal Pause. Ich schlief vier Stunden und rief erst dann Slash an und danach Kiki, die nur deshalb nicht vorbeikam, weil sie gerade kochte.

Aber abends stand Slash vor der Tür.

„Lass uns in den Park gehen", schlug ich vor. „Bist du auch sauer? Kiki ist stinkwütend und hat schon zweimal den Anruf weggedrückt."

Slash lachte. „Sie hat eben Temperament. Aber bis morgen früh hat sie sich abgeregt. Ich bin nicht sauer. Jeder hat irgendwas, was er nicht erzählt. Selbst Freunden nicht."

Wir gingen ein Stück und ich ließ Lotta von der Leine, die begierig an den Büschen schnüffelte.

„Also was machst du jetzt genau? Würmer aus der Weite des Watts retten? Seehunde mit der Flasche füttern?"

Ich erzählte ihm von der Stelle am Wattenmeer, dass sie mir ein Zimmer stellten und ich auch Urlaub hätte. Slash hörte mir zu. Aber nicht richtig.

„Eh, Slash, bist du doch sauer oder enttäuscht?"

„Nein. Ich muss dir was erzählen. Letzte Woche hat Burak mich angerufen. Wie waren in einem Club.“

„Ist er irre? Jetzt wieder anzukommen. Blöder, blöder Idiot. “

„Dora, lass mich einfach erzählen. Nur zuhören, bitte. Du bist die Einzige.“

Er fasste mich an den Schultern.

„Okay, kein Wort“, versprach ich.

„Wir sind die Autobahn gefahren. Schweigend. Ein ganzes Stück. Er kannte die Strecke. Der Club war unbeleuchtet. Von außen war es nur eine dunkelrote Tür, von der die Farbe abblätterte. Das machte mich nervös. Wir gingen eine Treppe runter. Unten zahlten wir in einem Flur fünfzehn Euro und landeten in einem großen Raum. Auf den Tischen am Rand lagen bunte Fransendeckchen und überall standen Teller mit arabischen Süßigkeiten und Teegläser. Kleine Lampen baumelten von der Decke.“

Slash redete schnell. Er musste es dringend jemandem erzählen.

„Es war voll. Arabische Musik lief. Am Ende des Raums war eine kleine Bühne, und hätten da nicht drei Transen eine Bauchtanzeinlage gegeben, hätte ich gedacht, dass ich auf einer Schulfete mit dem Motto 1001 Nacht wäre. Total friedlich – garantiert nicht der Schwulenclub, wie ich ihn mir vorstellte. Es gab keine Lederhosen, keine freien Oberkörper und kaum Piercings und Tattoos. Eine dunkelhaarige DJane legte auf. Überall wurde getanzt. Gruppen tanzten in großen Kreisen. Aber auch Pärchen. Lesben und Schwule. Viele sahen orientalisch aus. Die meisten unter fünfundzwanzig. Burak hat mich geärgert. „Die spielen hier Rai, Arabi Pop, Klezmer, House und türkische Stücke – für euch ist das alles eines: Türkmusik" Wir haben getanzt. Er konnte das, während ich mit den Armen rumgeschaukelt habe wie ein Affe."

Wir schwiegen. Ich war zu verblüfft, um etwas zu sagen. Zum Glück kam Lotta zurück und hatte ein Kinderspielzeug in der Schnauze, das ich ihr abnahm und auf eine Bank legte.

„Wir waren lange da. Haben rumgeknutscht. Er hat mir erzählt, dass er manchmal auch in anderen Schwulenclubs war und die älteren Typen voll auf ihn abfahren. Aber ihn tagsüber nicht treffen wollen. Du weißt schon: exotisches Fleisch. Und er gerne hier ist, weil er hier mal frei atmen kann. Dass er alle sechs Wochen einmal hinfährt. Und als wir gegangen sind, hat er eine Kapuze übergezogen und mir erzählt, dass der Club zwar unauffällig ist, aber trotzdem manchmal Typen davorstehen."

„Typen? Nazis?"

„Ich glaube, die wissen nichts von dem Club. Nein, andere – Iraner, Syrer, die die Besucher verprügeln, weil die Schwulen ihr Land verraten. Wir haben uns dann an der Tanke was zu essen geholt und sind zum See gefahren. Es war toll. Er hat mir gesagt, dass er mich super findet. Schon seit einigen Monaten. Und dass meine Sommersprossen ihn an Simit erinnern.

Wir waren die ganze Nacht dort. Wir sind sogar kurz eingepennt."

Wir gingen noch eine Runde und Lotta fand das Spielzeug auf der Bank wieder und schleppte es in ein Gebüsch.

„Es war einfach – unglaublich. Die ganze Nacht. Ich hätte nie gedacht, dass mir sowas passieren würde. Und dann hat er mir gesagt, dass seine Familie nichts davon wissen dürfe. Und dass er sich bald verloben würde und dass er mich nicht mehr treffen könne."

„Was für ein Idiot. Ihr verbringt eine Nacht und danach sagt er: ‚Ciao Bello'?"

„Dora, so war es nicht. Er hat geweint. Weil er entweder Kurde sein kann oder Schwuler. Aber nicht beides. Und jetzt muss er ein Mädchen heiraten. Und seine Freunde wissen auch nichts. Niemand weiß es. Nur sein Bruder ahnt was und deshalb darf Burak nichts mehr mit seinem Neffen machen. Der fragt immer, wann sie wieder zusammen in den Zoo gehen. Das macht Burak richtig fertig. Er will in seiner Familie bleiben. Also keine Männerbeziehung. Deshalb fährt er in diesen Club. Um mal zu atmen."

Verdammt, ich hatte Slash immer nur aufheitern wollen, Burak nie als Beziehung ernst genommen, nie gedacht, dass Slash wegen ihm verzweifelt sein könnte. Ich hatte nicht mal gewusst, dass Burak Kurde ist.

„Slash, es tut mir so leid. Das mit Burak, aber auch dass ich nichts mitgekriegt habe. Ehrlich. Entschuldigung. Ich bin die mieseste Freundin. Ich war immer nur mit mir beschäftigt."

„Ja, das waren wir wohl alle. In den letzten Monaten."

Wir hielten uns einen Moment fest.

Am nächsten Morgen ging meine Mutter mit mir einkaufen. Wir brachten Tim zur Schule, der sich den ganzen Weg über beschwerte, dass er jeden Tag zur Schule müsste und alle anderen, also Marle und ich, Ferien hätten. Er bettelte, einen Tag fehlen zu dürfen, aber Mama blieb hart. Erstens waren seine Noten immer noch bescheiden, und außerdem wollten wir Klamotten kaufen gehen. Das Kleid. Nur dass es nicht um das Kleid ging. Sie wollte mal die Lage checken und zwischen dem ganzen Stoff und Tüll lagen ihre Fragen wie getrocknete Erbsen. Bist du noch mit Simon zusammen? Ist alles gut zwischen euch? Wann hast du dich beworben? Ja, das Kleid sieht schön aus. Hast du Angst vor dem Praktikum? Die Farbe steht dir. Warum ist das FÖJ so weit weg? Ich stand schwitzend in der Umkleide und zwängte mich in verschiedene Modelle. Aber nichts passte oder passte zu mir. Danach lud Mama mich zum Essen ein. Wir bestellten Lasagne und sie lächelte mir die ganze Zeit tapfer zu, aber dann rollten doch zwei Tränen in den Cappuccino.

„So weit weg. Ich werde dich vermissen."

„Ich dich auch. Mama, da ist noch was."

Ich hatte nur eine Kugel im Gepäck, aber die war ein Geschoss.

„Mama, ich will, dass Amir in mein Zimmer zieht."

„Wie kommst du denn jetzt darauf? Gehst du deshalb weg?"

„Nein, überhaupt nicht. Sonst könnte ich ja auch mit nach Asien fahren. Nein, aber Jamal braucht Amir. Ehrlich. Er kann auch nicht alleine mit uns nach Amrum fahren. Und hierlassen können wir ihn auch nicht."

Ich löffelte mein Nachtischeis und meine Mutter bestellte sich noch einen Kaffee.

„Du hast Recht. Sie sind immer zusammen."

„Ja. Immer. Und dazwischen telefonieren sie. Amir darf nicht wegziehen. Bitte. Sprich mit Papa."

„Ihr Kinder immer. Wie ihr euch das denkt."

Ich drückte ihr die Hand unter dem Tisch und dann hielt ich sie einfach weiter fest.

„Und was ist mit dir? Wirst du Simon sehen? Und Slash und Kiki? Bleibt Kiki hier?"

Ich hatte das Gefühl, ihr etwas zu schulden, und erzählte ihr ein paar Splittergeschichten aus dem letzten Jahr.

Ja, Slash würde nach Berlin gehen. Und Kiki würde hierbleiben und sie wollte wirklich mit Halim zusammenwohnen. Und erst mal nicht studieren.

„Ich vermisse dich jetzt schon. Dora, kannst du dir vorstellen, wie das ein richtiger Männerhaushalt wird?"

„Ich weiß. Aber du besuchst mich."

„Ja, ja."

„Mama! Ich meine es ernst. Ich bin nicht wie Marle. Ich bin ein Familienmensch. Ich will Besuch. Versprich jetzt sofort, dass du kommst. Und nicht nur für einen Tag."

Sie wischte sich über die Augen.

„Ja. Und jetzt lass uns loslegen. Zweite Kleiderrunde, bevor ich wieder den Kaffee versalze."

„Mama, wirklich noch mal?"

„Ja, natürlich. Los jetzt. Du kannst doch nicht in Jeans gehen."

Der Abschluss verlief genauso, wie ich es gedacht hatte. Alle hatten tolle Kleider. Meines war blau und schulterfrei und eng und floss an mir herunter. Blöd, dass ich so wenig Oberweite hatte. Wenn ich die Luft anhielt, füllte ich es perfekt aus und es sah irre sexy und erwachsen aus. Aber ich konnte ja nicht den ganzen Abend die Luft anhalten. Die Rede des Schülervertreters war fast dieselbe wie die bei Marlenas Abi. Es gab Sekt. Meine Mutter hatte mir zu dem blauen Kleid noch High Heels gekauft, und als ich mein Zeugnis entgegennahm, sah ich bestimmt wie zweiundzwanzig aus. Mit den hochgesteckten Haaren war ich fast so groß wie Simon. Er musste mich zwar nicht die ganze Zeit anstarren, aber wir hielten Händchen und küssten uns, wann immer wir konnten. Es wurden so viele Fotos gemacht, dass mir die Füße brannten, obwohl wir auf dem Rasen vor der Schule posierten. Wir umarmten uns alle und die Mädchen aus dem Volleyballteam heulten, als würden sie nach Alaska verschifft. Kiki war angespannt und redete zu viel, so dass ich ihr ab und zu die Hand auf den Arm legen musste. Halim war gekommen, aber saß hinten mit Fatima und redete 2,2 Höflichkeitsminuten mit Kikis Eltern. Slash und Burak waren immer im entgegengesetzten Teil des Raums und redeten 0,0 Minuten. Die Umgebungstemperatur sank durch diese Teilnehmer um mindestens zwei Grad. Und ich konnte Burak auch nicht ansehen, weil ich sauer auf ihn war und irgendwie auch nicht, weil ich mir sagte, dass er eben auch nicht aus seiner Haut konnte. Trotzdem.

Am Abend klebte ich an Simon und er an mir. Die letzten drei Tage waren wir immer zusammen gewesen. Drei wunderschöne Tage in seiner Wohnung, ohne Vater.

Simon hatte sich Urlaub genommen und an einen Tag fuhren wir zum Fluss. Wie früher hatten wir uns auf Autoreifen ein Stück treiben lassen und die Reifen zusammengeknotet. Wir lagen faul in den runden Dingern und guckten in die Blätter. Wir hatten sogar eine Kühlbox mit Sandwiches und Limo mit. Auf dem Rückweg hielten wir an unserer Lieblingseisdiele und ich lud ihn auf einen riesigen Becher des Hauses ein. Bei ihm hörten wir Musik, knutschten, ließen uns Essen kommen und spielten alte Videospiele. Ich wollte alles in diese Tage reinquetschen. Wir verbrachten mehr Zeit im Bett als jemals vorher. Er war mir so vertraut und auch etwas fremd, vielleicht war das schon der Abschied. Ihm ging es wohl genauso, denn selbst beim Abi-Essen legte er die Gabel weg und nahm meine Hand.

Aber ich tanzte auch mit Slash, der in seinem tiefgrünen Smoking aussah wie ein Kellner auf einer Luxusyacht. Seine Mutter trug ein Kleid aus dem gleichen Stoff. Wo hatte sie das gefunden, oder hatte sie sich das nähen lassen? Als Slash mit ihr tanzte, sahen sie aus wie bei einem Turnier, es fehlten nur die Nummern auf dem Rücken. Ich hielt Slash zwischendurch ganz fest. Und er mich. Burak war weit weg, und Simon würde nächste Woche nach Spanien fliegen. Wegfliegen. Von mir wegfliegen. Das würde brennen, und nur bei dem Gedanken stiegen mir Tränen hoch. Ich wünschte, es wäre so wie im letzten Sommer, und dann wünschte ich wieder, dass die Zeit zwei Monate vorspringen sollte. Ich tanzte mit meinem Vater, was irgendwie unpassend und passend war, denn ich merkte, dass er sich anstrengte, meine Entscheidung zu verstehen. Er sprach nicht über das Nordseejahr, sondern wir redeten witzigerweise über Amrum, über Lotta und über ein interessantes E-Bike, das er beim Einkauf mit Jamal gesehen hatte.

Irgendwann gingen unsere Eltern, und wir tranken und tanzten. Ich kickte meine Schuhe von den Füßen und löste meine Haare. Simon kotzte zwischendurch routiniert in die Büsche, hatte aber eine Zahnbürste dabei, und wir tanzten bis halb vier. Ich ging mit zu ihm. Die nächsten Tage würden wir nutzen.

Am nächsten Abend kam Kiki vorbei. Ich sah gleich, dass sie gut drauf war, weil sie sich die Haare richtig hochgesteckt hatte, anstatt einfach einen Pferdeschwanz zu binden. Es war immer noch heiß, und ich lief in einer kurzen Pyjamahose herum.

„Los, guck in deinen Kalender! Ich komme am Wochenende vor dem Feiertag. Kann ich bei dir pennen? Oder hast du ein Zweierzimmer?“ Sie räusperte sich. „Oder ein Dreierzimmer? Einen Schlafsaal, echt?“

Ich musste lachen, als ich ihr entsetztes Gesicht sah.

„Ich habe ein Zimmer. Mit Dusche. Und Toilette. Also, keine Panik. Kiki, kommst du wirklich?“

„Klar komme ich. Ich will die Erste sein. Vor Simon und Slash. Also schreib es dir in den Kalender.“

Sie kramte in ihrem Rucksack und zog ein zerknittertes Päckchen heraus.

„Was ist das?“

„Mach es auf.“ Sie kickte ihre Flipflops von den Füßen. Im Päckchen fand ich eine Bildcollage „Erster Tag Schulfotos“, die ihre Mutter von uns gemacht hatte. Aus dem Bild der fünften und sechsten Klasse hatte Kiki Kinder rausgeschnitten, damit es so aussah, als würden wir nebeneinander stehen. Denn wir waren damals noch nicht befreundet. Später standen wir immer Schulter an Schulter, oft in den gleichen Klamotten und einmal auch mit den gleichen französischen

Zöpfen. Kiki hatte sie in einen lila Rahmen gesteckt, weil Lila ungefähr vier Jahre unsere Lieblingsfarbe war.

„Danke, das ist krass gut."

„Ja, süß, oder? Komisch, dass wir das sind. Also, wenn ich dich besuche, such schon mal einen Leuchtturm oder eine Boje, wo wir unser Foto machen können."

Trotz der Hitze gingen wir in die Küche, um Waffeln zu backen, die wir dann mit einer Riesenportion Eis verdrückten.

Unsere Sehnsüchte waren heimlich und nicht vernünftig. Kiki wollte Halim und würde eine Ausbildung als Ergotherapeutin anfangen. Sie hatte sich schon einen Platz in einer Praxis besorgt. Halim wollte nicht mit seinen Eltern leben, auch wenn er das niemals zugegeben hätte. Er wollte sie in Sicherheit und gesund wissen, aber nicht mehr als Sohn mit ihnen zusammenleben. Simon – vielleicht wollte er die Asienreise, denn seine Mutter war nach der Trennung für anderthalb Jahre nach Indien gegangen. Slash hatte sich zurückgezogen, aber ich wusste, dass er eine weltoffene Stadt brauchte, wo sich ein Mann jeder Herkunft zu ihm bekennen konnte. Jamal brauchte Amir. Und ich brauchte Gummistiefel. Vielleicht würde ich mit Simon zusammenbleiben, und vielleicht würde ich irgendwann einmal Rechtsanwältin werden. Aber jetzt reichte es, dass Amir in mein Zimmer zog und ich an der Nordsee das Gummistiefelmädchen wurde.

An der See gibt es nicht viele Bäume. Von den Birken vor meinem Zimmer sind die Blätter längst abgefallen und abends wird es früh dunkel.

Ich habe viel Zeit, an die anderen zu schreiben. Die Fotos meiner Familie, von Jamal, immer mit Amir, und die von meinen Freunden habe ich ausgedruckt und an meine Wand geheftet.

Es gibt kaum Bäume, aber es gibt die Wellen. Unendlich viele Wellen. Wenn ich mich hier auf eine Kiste stelle, kann ich wegen der Erdkrümmung nur 5,5 Kilometer weit sehen.

Aber ich stelle mir gerne vor, dass ich am gleichen Meer bin wie Simon, auch wenn dort jetzt Sommer ist. Slash ist gerade bei ihm und ich sehe sie vor mir, wie sie surfen und schnorcheln. Es ist das gleiche Weltmeer, durch Strömungen verbunden. Es folgt den Gezeiten und hat überall beinahe den gleichen Salzgehalt. Seine Küstengewässer unterscheiden sich viel weniger als das Oberflächen- und Tiefenwasser, das sich kaum durchmischt.